새비지팽 레이디

Savage Fang

사상 최강의 용병은 사상 최악의 잔학 영애가 되어서

두 번째 세상을 무쌍한다

Conceals Little Lady

2

콜레트

Colette

강대한 무력을 자랑하는 코르온
제국의 황녀. 자신을 궁지에서 구한
소녀, 밀레느의 힘을 목격하고
우정 이상의 감정을 품게 되었다.

매혹
의 황녀

the Tale of
Little Lady Who Conceals
"Savage Fang"

Contents

003　프롤로그 광신도는 그림자로 나간다

014　제1화 일상(日常)

025　제2화 권력(權力)

036　제3화 인과(因果)

049　제4화 무녀(巫女)

059　제5화 접촉(接觸)

069　제6화 신탁(神託)

089　제7화 잠입(潛入)

104　제8화 제전(祭典)

125　제9화 미래(未來)

153　한화(閑話)

161　제10화 준비(準備)

170　제11화 명화(名花)

180　제12화 신다방(新茶房)

201　제13화 희곡(戲曲)

230　제14화 신화(神話)

249　에필로그 숙녀는 주먹을 날린다

256　후기

새비지팽
레이디
Savage Fang

The Tale of Little Lady Who
Concocts

사상 최강의 용병은 사상 최악의 잔학 영애가 되어서
두 번째 세상을 무쌍한다

2

일러스트
카야하라

프롤로그 광신도는 그림자로 나간다

 햇빛이 들지 않는, 돌로 된 방.

 촛불이 투박한 돌벽을 황혼색으로 물들이는 가운데, 먹구름 같은 그림자가 여럿 떠올랐다.

 "페르만이 패배한 건 뜻밖이군요."

 남자인지 여자인지 알 수 없는 중성적인 목소리가 후드가 달린 로브가 자아낸 진한 그림자 속에서 부드럽게 흘러나왔다.

 거론된 것은 본디 이 자리에 있어야 하는 『인물』의 이름이다.

 "그래요? 그 사람은 한동안 싸우는 일과 인연이 없었던 것 같으니까요."

 "하지만 그 실력은 진짜배기지. 디아 밀스와의 적합 상태도 좋았다."

 "방심하는 성격도 아니니까 말이지. 꽤 신뢰했는데."

 그 목소리에 동조하거나 혹은 반박하는 목소리가 의견이 되어 오간다.

 그러한 목소리들은 대부분 동조 쪽으로 분류됐다.

 페르만. 제르포아의 귀족 학교에 다니는 자녀들 사이에 금단의 『마약(魔藥)』을 퍼뜨린 교사의 이름이다.

하지만 그 실체는 사교(邪敎) 집단 『달의 신들』의 대간부다. 강대한 마력과 사교의 신을 자기 몸에 내리는 힘을 지닌 마술사였다.

"역시 상정에서 벗어났다고 봐야 할까요. 가증스러운 『이르타니아가 총애하는 자』의 힘은 얕볼 수 없나 보군요."

그런 마술사가 한 소녀에게 패배하고 말았다.

그렇게 있을 수 없는 일이 생기는 바람에 지금 그들이 이 방에 모인 것이다.

"하지만 이해가 안 되는군요. 밀레느 페투레는 그냥 둬도 알아서 파멸하고 말 정도로 악랄하고 방종한 여자라고 들었는데요. 그런 인물이 친구를 위해 페르만 정도의 인물을 물리치는 건 인상과 다른 것 같군요."

경박해 보이는 남자가 종이 다발을 가볍게 두드렸다.

그 남자의 말에 목소리가 중성적인 인물이 팔짱을 꼈다.

"바로 그겁니다. 보고에 따르면 어느 시기를 기점으로 성격이 변했다는군요."

"십중팔구 『이르타니아』가 손을 쓴 거겠지. 정말이지 가증스럽군!"

다른 자들보다 덩치가 큰 남자가 언성을 높였다.

그 말에 후드가 달린 로브를 걸친 인물들이 일제히 고개를 끄덕였다.

진심으로 『이르타니아』를 증오하는 것이리라. 불빛에 비친 입가가 일그러졌다.

"하지만 내버려 둘 수도 없습니다. 이르타니아가 심혈을 기울여 만든 『그릇』은 우리 주인께 어울리죠. 주신 레제베르크의 완전한 부활을 위해서는 최고의 그릇을 준비해야 합니다. ──밀레느 페투레는 죽어야만 해요."

목소리는 차분하지만, 그 말에는 탁한 적의가 담겨 있었다.

그것은 이르타니아만이 아니라 『밀레느』도 겨누고 있었다.

"생각만 해도 열받는군. 이르타니아가 괜한 짓을 벌이지 않았다면, 알아서 타락하며 파멸한 끝에── 저절로 우리 뜻대로 됐을 텐데 말이다."

"듣자니 지금의 밀레느 페투레는 수련에 여념이 없다더군요. 지금도 페르만 씨를 쓰러뜨릴 만큼 강한데 『신내림』이라도 익히게 되면 큰일입니다. 손도 댈 수 없게 되기 전에 어떻게든 하는 편이 좋을 것 같군요."

"빨리 손을 쓸 필요가 있다는 건가요?"

장중의 무거운 분위기와 어울리지 않는 활기찬 목소리로 그렇게 말한 경박한 인상의 남자가 어둠 속에서 미소를 짓는다.

"명색이 『대사(大師)』가 한 명 당했으니까요. 경계해서 나쁠 일은 없지 않을까요?"

"일리가 있군. 고작 어린 계집이라고 얕보면 안 된다는 건가."

경박해 보이는 남자는 가벼운 투로 말했지만, 그 말을 들은 이들의 목소리는 무겁다.

그만큼 사태를 심각하게 여기는 것이다. 그런데도 그 남자는 신난 기색으로 말을 잇는다.

"그렇다면 『굶주린 늑대』를 쓰는 건 어떨까요?"

"끙……."

『굶주린 늑대』. 그 이름을 듣고 덩치 큰 남자가 신음한다.

"그는 아직 조정 중입니다. 그럴 순 없어요. 그리고 일의 성질상, 만에 하나라도 실패는 용납되지 않죠. 그건 알 텐데요?"

하지만 그 고민을 털어내듯 온화한 목소리가 강한 의지를 머금으며 그 제안을 부정했다.

"알고는 있죠. 하지만 이르타니아의 개한테 질 정도라면, 어차피 그것밖에 안 되는 존재라는 뜻 아니겠습니까?"

"불경하군요, 빅토. 그리고――."

온화한 목소리의 톤이 더 낮아졌다.

무거운 분위기 속에서 이어진 말은――.

"오히려 걱정되는 건 반대 결과입니다. 『그』가 힘을 제어하지 못한다면, 혼돈을 넘어서 모든 것을 무(無)로 돌려버릴지도 모르죠. 상황을 잘 헤아리세요. 우리는 의지를 지닌 재해를 모시고 있는 거예요."

"흐음, 그거 실례했군요. 그 정도의 존재라면, 이 눈으로 직접 확인하고 싶은데 말이죠."

빅토라 이름을 불린 남자는 여전히 은근 무례한 태도를 유지하며 장난치듯 사죄했다.

두 사람이 눈싸움을 벌이자, 사악한 마력이 피어올랐다――하지만 마치 촛불을 불어 끄듯 양자의 마력이 사라졌다.

"뭐, 좋아요. 당신 같은 자가 존재하는 것 또한 혼돈이죠. 우리 주신의 가르침에서 벗어나지 않아요."

"그렇겠죠. 그런 점을 반기시니까 이렇게 이 자리에 있게 해주신 걸 테니까요."

야유하듯 빅토가 두 손을 벌리자 목소리가 중성적인 인물이 작게 코웃음을 쳤다. 하지만 혐오하는 기색은 없다.

"저는 신이고 뭐고 전혀 상관없지만, 당신들의 교리에는 매우 공감하죠. 그리고 뜻이 같은 자들이 모여서 만들 세상에도 흥미가 있단 말이죠. 이상적인 세상이 도래할 때까지, 협력을 아낄 생각은 없습니다."

빅토는 노래하듯 가슴에 손을 대고 몸을 앞으로 내민다.

그 모습에 코웃음 소리가 여럿 나온다.

"참 다행이군요. 그럼 구체적으로 어떻게 협력해 줄 거죠?"

한편으로, 약간 어이없다는 기색이 있으면서도 온화한 목소리의 주인은 평정을 유지하고 있었다.

피차 어느 정도는 예상한 대화이리라. 몸을 내민 빅토가 즐겁게 미소를 띤다.

그 말이 나오길 기다렸다는 듯. 무대에 오르는 연극 배우처럼 요란하게 걷은 후드 아래에서 드러난 얼굴은 눈이 부실 듯한 미장부였다.

"그 『개』는 이 빅토 루드랜드가 치러 가겠습니다. 듣자니, 이르타니아의 『개』는 사람들의 마음을 현혹할 정도의 미모를 지녔다죠? 머잖아 주신께서 강림할 신의 그릇을 이 눈으로 꼭 보고 싶군요."

소년 같은 얼굴로, 빅토는 웃었다.

선이 가는 미남이 앳된 느낌으로 웃는 모습은 남녀를 불문하고 길 가는 사람들이 주목할 정도로 아름다웠다. 하지만 눈부신 웃음을 띤 눈은 진흙탕처럼 혼탁했다.

"그랬군요. 그게 목적이었나요."

"기왕이면 『굶주린 늑대』의 완성도도 한번 보고 싶었죠. 나도 싸움에는 자신이 없지만, 살인은 페르만 씨보다 익숙하다고 봅니다."

"그래. 그래요. 그렇겠죠. 당신의 교묘하고 악랄한 솜씨는 주신께서도 마음에 들어 하실 겁니다."

하지만 이 자리에 있는 자들은 모두 거기서 거기다.

살인이 익숙하다고 아무렇지도 않게 말하는 남자와 당연하다는 듯이 인정하는 자.

자상하게 들릴 정도로 온화한 목소리의 주인도 정상으로 보기 어려운 윤리관으로 말하고 있다.

"그러면 『신의 개』는 일단 당신에게 맡기죠. 방법도 일임하겠습니다. 어차피 우리의 존재는 서서히 드러나고 있습니다. 이렇게 되면 거창한 일이 새로운 시대의 개막을 알리는 데 적합하겠죠."

"그건 맡겨 주시죠. 화려한 연극은 제 주특기니까요."

"암 그렇겠죠. 그럼 맡기겠습니다, 빅토."

"알겠습니다. 주신 레제베르크께 바칠 연극을, 이 빅토가 선보이겠습니다. 그 전에, 실력 있는 자를 빌려도 될까요?"

"상관없습니다. 기대하죠."

그 말에 만족한 것처럼 웃은 다음, 빅토는 배우처럼 요란스럽게 인사하고 발뒤꿈치를 딱 울려서 몸을 튼다.

등 뒤로 손을 살랑살랑 흔들며 방을 나서는 빅토의 모습은, 아까 경박한 태도로 돌아와 있었다.

"살인에 익숙하다는 말은 허세가 아니죠."

그 등을 쳐다보며, 중성적인 인물이 중얼거렸다.

"『비극의 아버지』 빅토. 신앙심은 깊지 않지만, 우리 주신의 가르침에 진심으로 찬동하고 실천하는 점은 훌륭합니다."

중성적인 목소리를 지닌 인물은 자리에서 일어나더니, 원탁에서 돌아섰다.

그 시선이 가는 곳에는——원탁을 내려다보듯 자리한, 짐승의 머리에 인간의 몸을 지닌 조각상이 있었다.

"생명이란 흐르는 것. 고인 물은 머지않아 탁해지며, 썩습니다. 생물 또한 피가 계속 흘러야만 하죠. 피의 흐름이 멎는다는 것은 곧 죽음을 의미합니다. 그렇게 되지 않도록, 세상은 항상 흘러야만 해요."

다시 뒤돌아본 중성적인 인물이 남은 대간부——『대사』들을 한 명씩 쳐다봤다.

"우리는 고동입니다. 이 세상에 남겨진, 작은 심장입니다. 세상이 썩기 전에, 안녕(安寧)이라는 『정체(停滯)』를 가져온 이르타니아를 타도해서 혼돈의 『변화』가 가득한 세상으로 되돌려야 합니다."

천천히, 손을 들었다.

온화하지만, 광기에 찬 열기를 드러내며…….

"우리 『달의 신들』에게, 주신 레제베르크의 영광 있으라."

"혼돈에 찬 세상을!"

"다시 흘러가는 세상이 오기를."

──광신도들은, 움직이기 시작했다.

이드 2

AUTHOR
아카시 칵카쿠

ILLUSTRATOR
카야하라

"Fame" "Savage"

the Tale of
Little Lady Who
Conceals

DESIGN: KUSUGIYAMA

제1화 일상(日常)

　학원을 떠들썩하게 했던 『마약 유통 사건』이 있은 지 얼마간 시간이 지났다.

　몇 달이나 지난 건 아니지만, 당시 사건을 기억하는 학생은 마음에 짐을 짊어지는 당사자뿐이며, 교사들도 관계자가 일으킨 불상사를 필사적으로 잊으려 했다.

　때로는 엄격하고, 때로는 상냥한── 학생들에게 인기 있는 교사의 가면을 썼던 『페르만』이란 남자의 이름이 기억에서 사라지는 것도 시간문제일 것이다.

　하지만 페르만을 똑똑히 기억하는 자도 있다.

　당연히 나도 그렇다. 두 번째 인생을 맞이하고 평화로운 일상을 살지만, 그 평화를 위협하는 『적』을 잊고 살 만큼 태평한 성격이 아니라고.

　그리고 다른 사람은──.

　"헉……헉……! 아직 멀었다!"

　"함께하겠어요……! 콜레트 황녀!"

　콜레트와 알베르, 내 친구인 두 왕족이다.

　격렬한 마력을 방출하면서 훈련용 목검에 두르고 가늘면서 탄탄하게 다진 몸을 움직이는 콜레트. 자신의 힘이 뒤떨어지는 것을 알면서도, 그렇기에 전력(戰力) 면에서 뛰어난 콜레트를 최대한 지원하는 형태로 호흡을 맞추는 알베르.

그 공격을 받아내는 사람이 바로 나다.

자신들의 남은 힘이 얼마 안 된다는 것을 깨달은 알베르가 모든 마력을 꺼내서 덤벼든다.

내가 모종의 대응에 내몰리고, 그때 생긴 빈틈을 콜레트가 파고드는 것이 노림수이리라.

남자니까, 여자니까―― 그런 편견에 얽매이지 않고 더 뛰어난 자를 떠받치는 그 유연한 사고방식에 감탄한다. 소심해서가 아니라 가장 효율적이기 때문에 주저 없이 자기 자신을 희생하려 하는 기개는 훌륭하다.

알베르가 수평으로 크게 휘두른 검을 상체를 젖혀서 피했다. 공격은 빗나갔지만, 알베르는 그대로 돌진의 여세를 몰아서 내 뒤로 이동하고, 콜레트와 협공하려는 것 같다.

콜레트 또한 급조한 콤비인데도 알베르의 의도를 이해했다. 두 사람 다 뛰어난 검사다. 내놓은 답은 똑같은 셈이다.

등 뒤의 알베르는 보이지 않지만, 콜레트의 시선을 통해 두 사람이 한순간 눈짓을 교환했다는 것을 깨달았다.

핏줄과 재능. 그리고 노력으로 키운 엄청난 마력이 콜레트에게서 뿜어져 나왔다.

알베르에게 대응하면서 겸사겸사 막아낼 수 있는 일격은 아니리라.

그래서 나는——.

콜레트를 상대하기 전에, 후방으로 선회했다.

"어…… 커억?!"

눈에 확 띄는 움직임에 당황하는 알베르. 하지만 그 직후에 턱을 얻어맞아서 고통에 찬 신음을 낸다.

후방으로 몸을 돌리는 도중에 알베르를 걷어찬 것이다. 발차기 충격에 알베르의 가벼운 몸이 공중에 붕 뜨고, 이어서 등이 바닥에 낙하하는 소리가 난다.

나는 회전력을 이용해 다시 돌아서고, 충분히 자세를 바로잡은 다음에 콜레트의 검을 받아냈다.

"큭……!"

"멋진 공격이에요. 기술만이 아니라, 마력도 성장했군요."

공격을 받아낸 건 나지만, 쓰디쓴 숨소리를 낸 건 콜레트였다.

검을 내리친 콜레트, 그걸 받아낸 나. 서서히 검을 밀어내자 콜레트와 나의 머리 높이가 같아지고, 서서히 역전된다.

강렬한 중압에 콜레트가 지친 기색을 드러낸 순간, 나는 콜레트의 검을 힘차게 밀어냈다.

"앗!"

갑자기 온몸이 저린 듯한 충격을 받은 콜레트가 경악했다.

목검이 날아가고, 돌로 된 바닥에 부딪혀 경쾌한 소리가 난다. 그사이 나는 여유롭게 움직여 목검을 들이댔다.

"결판이 났네요. 기백과 전술 모두 지난번보다 훨씬 단련된 것 같아요. 참 잘했어요."

나는 표정을 슥 풀고서 목검을 벨트에 건 다음 콜레트에게 손을 내민다.

 잠시 넋이 나간 표정을 짓던 콜레트는 입가를 일그러뜨린 다음 내 손을 잡았다.

 "으으, 젠장! 이번에도 못 이기나!"

 힘껏 분통을 터뜨리며 소리쳐서 기분이 풀린 것이리라. 콜레트는 미소를 짓는다.

 "대단하구나! 이번에는 자신이 있었지만, 둘이서 덤벼도 아직 따라잡지 못하는가!"

 "아야야…… 저도 마찬가지예요. 밀레느 님을 이기지는 못하더라도 조금은 잘 싸울 것 같았는데, 봐주시면서도 여유가 있을 줄은……."

 내가 콜레트의 손을 잡고 일으켜 세워주자, 알베르가 턱을 매만지며 다가왔다.

 두 사람의 찬사에 멋쩍은 느낌이 들지만, 나는 태연한 얼굴로 대꾸했다.

 "굳이 말하자면, 제 검술은 혼자서 여럿을 상대하는 것을 상정한 것이니까요."

 내 검술은 용병이란 직업에 맞춰 혼자서 여럿을, 혹은 여럿이서 여럿을 상대하는 데 특화되어 있다.

 『밀레느』로서 두 번째 인생을 살기 전, 『예전 역사』에서 용병 일을 하던 시절에는 혼자서 여럿과 싸우는 것이 당연했다.

 본격적인 연계를 배우지 않은 콜레트와 알베르가 상대라면 마력의 양을 두 사람에게 맞춰 조절하면서 싸우더라도 아직 여유가 있었다.

"애초에 연계란 매우 고도의 특수 기능이니까요. 연계의 최대 이점은 동시 공격이지만, 동시에 공격할 때는 상대방의 위치가 신경이 쓰이거나, 때로는 방해되기도 하잖아요? 확실히 저도 마력을 억제했지만, 두 사람도 아직 전력을 다하지는 못했을 텐데요?"

"흠…… 듣고 보니 그렇구나. 연계를 단순한 1 더하기 1로 만들려면 숙달이 필요한 건가."

"말씀대로 아군이란 존재가 고려해야 하는 사항을 늘리는 걸지도 모르겠네요."

"그렇답니다. 역시 두 분은 빨리 이해하는군요. 참 좋아요."

똑똑한 학생들을 보니 무심코 미소가 지어진다.

──『달의 신들』 사건이 해결된 후, 나는 알베르와 콜레트의 부탁으로 두 사람을 정식으로 단련시켜 주게 되었다.

방과 후 단련은 예전부터 일과였고, 알베르와 콜레트가 끼는 일도 드물지 않았다. 하지만 콜레트는 어디까지나 호적수 관계이기에 가볍게 대련하거나 조언하는 일은 있어도 뭔가를 가르치는 입장은 아니었다.

그랬는데 지금은 콜레트가 정식으로 내게 머리를 숙이고 마술과 검술을 지도받고 있다.

"두 번 다시는 그렇게 꼴사나운 모습을 보이고 싶지 않거든. 필사적일 수밖에 없는 거다."

그렇게 한 원인은 페르만과 있었던 일이다.

인지를 초월한 마력을 지닌 사교 집단의 존재. 그리고 한차례 그들에게 사로잡혔다는 경험이 자존심 강한 콜레트가 호적수에게 가르침을 구하게 했다.

"저도 그래요. 다음에는 가슴을 펴고 '제가 밀레느 님을 돕겠어요.' 라고 말하고 싶으니까요."

알베르도 지난번 사건 때 힘이 부족하다고 지적당한 여파가 큰 듯하다. 얼굴은 귀엽게 생겼으면서 의외로 근성이 뛰어난 점은 높이 평가하고 싶다.

"적어도 아까처럼 싸운다면 알베르 님의 힘을 빌리는 일이 없겠죠. 몇 번이나 말하지만, 알베르 님은 이르타니아의 왕자여요. 혼자만의 목숨이 아니라는 사실을 아셔야죠."

하지만 그것은 한 명의 남자로서 평가한 거다.

왕자로서는, 그렇게 자기 자신을 희생하는 전투 방식을 인정할 수 없다.

"으…… 무, 물론 실전에서는 자제하겠어요. 다름 아닌 밀레느 님의 가르침이니까요!"

"제 가르침을 말하자면, 우선 '실전' 이 생기는 시점에서 이상하다고 생각해 주길 바라는데요."

"으으……!"

알베르가 쓰러지면, 이르타니아는 국가의 위신을 걸고 원수를 갚아야만 한다.

그렇게 되면 『달의 신들』은 그것을 이용해서 혼돈의 세상인지 뭔지를 적극적으로 실현하려고 들 것이다. 예전 역사처럼 빌어먹을 세상을 말이다.

그 점도 입이 닳도록 말했는데도 도저히 나아질 기미가 없어서 골치가 아프다.

여기가 학원 뒤뜰만 아니면 남들 눈을 의식하지 않고서 호통을 치고 머리를 때릴 텐데── 말투도 최대한 신경을 써야 하는 상황에서 주먹질할 수는 없다. 숙녀 행세도 쉽지 않아.

"자꾸 괴롭히지 마라. 이 정도 기개는 있어야 남아답다고 할 수 있지 않겠느냐."

위축된 알베르를 두둔하는 콜레트. 하지만…….

"저로서는 콜레트 황녀님도 조금만 더 얌전히 지내셨으면 좋겠는데요. 명색이 다른 나라의 황녀님이니 함부로 말할 수 없어서 답답하군요."

나로서는 콜레트야말로 무리하지 말았으면 좋겠다.

코르온과 이르타니아는 2대 강국으로 불리지만, 실제로는 평화에 물든 이르타니아와 현재도 수십 년 간격으로 전쟁을 치르는 코르온은 보유한 국력이 다르다.

만약 콜레트가 목숨을 잃었다간 분노한 미친 사자가 날뛸 것이다.

세계 평화엔 별로 관심이 없지만, 전 세계가 휘말리는 전쟁이 일어날지도 모른다면 남 일처럼 굴 수 없다.

"그 정도는 나도 안다! 뭐, 밀레느가 내 반려자가 된다면, 장래를 바칠 자의 말을 들어줄 생각도 있는데?"

말로 해결할 수 있다면 그게 가장 낫지만…….

입술을 삐죽 내밀고 내 눈치를 보는 콜레트 때문에 표정이 일그러진다.

나도 여자로 오래 살았지만, 근본은 아직 남자라고 여긴다. 콜레트처럼 아름답고 호탕한 여자와 친밀한 사이가 되는 것에 매력을 느끼지 않는 건 아니다.

"또 그런 말씀을 하세요……? 양해해 주세요. 코르온 왕녀의 반려는 일개 귀족 계집에게 버겁답니다…….."

하지만 그 이상으로, 세계 최강국 황녀님과 함께하면 성가시기 그지없을 게 명백했다.

애초에 코르온에서 황녀의 동성 결혼을 인정할지도 의문이다. 그렇다면 내 처우는 첩으로 들이는 게 타당하려나? 왕궁 구석에서 숨 죽이고 사는 건 싫다.

"마, 맞아요! 게다가 밀레느 님은 이르타니아의 보물이라고요! 황송하기 그지없지만, 명색이 제 약혼자거든요?!"

게다가 나는 이 녀석의 약혼자이기도 했다. 타국의 황녀가 왕자의 약혼녀를 강탈하는 사태가 벌어지면 이르타니아의 체면은 완전히 구겨지고 만다. 이르타니아와 코르온의 관계가 진짜 나빠질 게 틀림없다.

"장애물이 많다는 건 안다. 게다가 지금의 내가 밀레느의 곁에 나란히 서는 건 용납할 수 없지."

"장애물이라는 가벼운 말로 넘어가지 마세요!"

"어쩔 수 없지 않으냐. 사랑 앞에선 사소한 것이다."

다행히 콜레트도 똑똑한 여자다. 그런 부분도 다소는 이해하는지, 지금 당장 뭘 어떻게 할 작정은 없는 것 같다.

뭐, 장래에는 일을 벌일 작정이라는 것이 말 구석구석에서 느껴지지만.

따지는 알베르와 그런 그를 흘리는 콜레트. 그런 말다툼이 한동안 이어졌지만, 문득 콜레트가 시계를 쳐다봤다.

"아, 어느새 이런 시간인가. 아쉽지만 나는 볼일이 있으니 먼저 실례하겠다."

아무래도 볼일이 있는 것 같다. 하지만 그 말이 조금 이상하게 느껴졌다.

"어라, 신기한 일도 다 있네요. 콜레트 황녀께서 밀레느 님과의 시간보다 볼일을 우선하다니 말이죠. 중요한 일인가요?"

"혹시 예전 일과 관계가 있나요?"

내가 품은 위화감을 알베르가 말로 표현했다.

말했다시피, 콜레트는 유아독존이랄까—— 하고 싶은 일을 하고, 하기 싫은 일은 안 한다고 하는, 알기 쉬운 일면이 있다.

그런 콜레트가 훈련을 도중에 중단하고 '볼일' 을 우선하는 것은 매우 드문 일이다.

콜레트도 거절하지 못할 정도의 일이라면, 나는 예전에 『달의 신들』과 얽혔던 사건밖에 생각나지 않았다.

"음…… 아, 뭐…… 관계는 있다고도 할 수 있고, 없다고도 할 수 있는…… 아니! 매우 사적인 볼일이다. 후후, 걱정해 주는 것이냐?"

"만약 그런 일이라면 저와도 무관하지는 않다고 생각했을 뿐이랍니다."

"말도 참. 매정하구나."

태연하게 코웃음을 치는 콜레트.

아무래도 정말로 심각한 이야기는 아닌 듯하다.

단순히, 콜레트한테도 따로 흥미가 있는 일이 있는 것이리라.

약간 분한 느낌이 들지 않는 건 아니지만, 아무 일도 없다면 다행이지 싶었다.

약간 초조한 기색인 것이 조금 신경 쓰이지만. 뭔가 켕기는 일이라도 있는 걸까?

"나는 이만 실례하겠어. 다음에 보자, 밀레느. 알베르 왕자."

"아…… 네. 내일 봐요, 콜레트 황녀."

"조심해서 돌아가세요."

본인이 말하지 않는 이상, 더 생각해도 소용없다.

콜레트는 손을 흔들고, 우리가 단련하던 뒤뜰을 떠났다.

자, 오늘은 이쯤에서 훈련을 끝마쳐도 좋지만──.

"밀레느 님, 이제 어떻게 하실 거예요? 만약 시간이 괜찮다면, 좀 더 지도받았으면 좋겠어요. 하다못해, 우선 콜레트 황녀부터 따라잡고 싶거든요."

"네, 그렇다면 기꺼이 함께하겠어요."

의욕이 있다면 함께해도 상관없다.

자기보다 강한 녀석을 쫓아가려는 기개는 마음에 든다.

"훗……. 자, 얼마든지 덤벼 보세요."

그리하여 나는 다시 목검을 쥐었다. 알베르에게서 솟구치는 마력과 흔들림 없는 자세를 보고, 나는 비실비실하던 왕자가 많이도 컸다고 코웃음을 쳤다.

제2화 권력(權力)

"고맙습니다, 밀레느 님! 덕분에 어떻게 될 것 같아요."

"아뇨, 저야말로 복습할 기회가 됐답니다. 무슨 일이 있으면 다시 언제든 찾아오세요."

고맙다고 말하면서 힘껏 손을 흔들고 떠나는 여학생에게, 나는 미소를 머금으며 다소곳하게 손을 흔들었다.

밤도 깊어져서 담화실에 사람이 거의 없다는 사실을 눈치챈 나는 정숙하지 못하단 소리를 듣지 않을 정도만 팔을 뻗었다.

어느새 소등 시간이 다 됐다. 이 시간까지 같은 반 학생에게 마술을——그것도 내숭을 떨면서!——가르쳐 주다니, 나도 참 성격이 둥글어졌다.

물론 순수하게 호의를 베풀 생각으로 마술을 가르쳐 준 것은 아니지만.

아주 적은 일부 학생을 제외하고, 제르포아 마법학원에 다니는 학생들은 모두가 귀족 자녀.

이참에 은혜를 베푼다……는 건 좀 과장된 표현이겠지만, 좋은 인상만이라도 심어 둔다면 장래에 좋은 연줄이 될지도 모른다는 타산도 섞여 있다.

뭐, 말했다시피 복습 목적도 있지만.

1학년 교육 과정에선 대부분 기본 기술을 가르친다. 내가 이미 학습한 부분이지만, 그래도 무심코 그냥 넘어간 부분도 있다.

그런 부분은 나도 새롭게 배우는 지식이다. 누군가에게 가르치기 위해 말한다는 건, 그 지식을 머릿속에 새기기 딱 좋다.

그런고로 이렇게 뭔가 물어보러 오는 학생들에게 공부를 가르쳐 주는 것은 밤 시간대의 고정 행사로 정착하고 있었다.

나도 숙녀 행세가 몸에 익기 시작한 것 같았다.

이제 몇 명밖에 남지 않은 담화실을 둘러보았다.

"……."

오늘은 평소 있는 사람이 한 명 보이지 않았다. 팔짱을 끼고 무거운 한숨을 내쉰다.

저녁 단련 도중에 모습을 감춘 콜레트를 아직 보지 못했다.

이렇게 되니, 무슨 볼일인지 물어보지 않은 게 마음에 걸렸다. 만약 우리에게 말하지 못할 일이고, 그것이 『달의 신들』과 관계가 있는 일이라면——.

"칫……."

무심코, 혀를 차고 말았다.

여기가 담화실임을 깜빡했는데, 보아하니 작은 소리를 들은 사람은 아무도 없는 듯하다.

설령 누군가가 들었더라도, 먼저 잘못 들은 거라고 여길 정도로는 겉으로 보이는 인상을 좋게 했는데—— 속으로 안도하는 동안에도 답답한 기분이 남는다.

이럴 줄 알았으면, 소등 시간이 되기 전에 콜레트를 찾아볼 걸 그랬다. 기분이 이래선 마음 편하게 잠들 수 없을 것 같다.

하는 수 없다. 소등 시간 이후에 콜레트를 찾아보자.

한숨을 쉬면서 결심을 마치고 일어선다. 목적지는 내게 주어진 방이다.

제르포아 마술학원의 여자 기숙사는——남자 기숙사도 똑같다고 들었지만——기본적으로 2인실이다. 명색이 귀족 아가씨와 도련님이 다니는 학원이다. 뭐든 불미스러운 일이 생기면 곤란하므로 같은 방을 쓰는 사람끼리 감시하는 것이다.

하지만 고작 학생끼리 서로를 감시할 수 있을 리 없다. 우연히 볼일을 보는 데 시간이 오래 걸렸다. 그런 식으로 문제가 꾸준히 발생하는 것 같다.

그것을 가능하게 하는 것이 같은 방을 쓰는 학생과의 교우 관계인 셈이다.

즉, 아까 담화실에서 베푼 '은혜'가 도움이 되는 것이다.

나와 같은 방을 쓰는 홀리도 그럭저럭 받은 게 있을 것이다.

내 룸메이트인 홀리는 순박한 빨간 머리 소녀다. 반은 다르지만 시끄러운 편이 아니라서 나름 잘 지내는 편이다.

이번에도 사정을 잘 말하면 협력해 줄 것이다.

"거참 사람 귀찮게 하네. 아니, 내가 멋대로 참견하는 건가."

복도에 아무도 없다는 것을 확인한 나는 작은 소리로 그렇게 투덜댔다.

같잖은 짓이다. 애초에 그 사건과 관계가 있다고 정해진 것도 아닌데, 모습이 보이지 않는다는 이유만으로 왜 이렇게 짜증이 나는 걸까.

옛날의 내가 보면, 쏠린다고 할 것 같다.

자조하듯 코웃음을 치면서 내 방의 문손잡이를 쥔 순간——내 얼굴에서 표정이 사라졌다.

누가 있다. 룸메이트인 홀리가 아닌, 누군가가.

"……."

설마 직접 찾아온 건가?

그렇다면 콜레트는? 홀리는 어딨지?

최대한 마력의 기운을 감추고 단숨에 문을 열어젖힌다——!

"밀레느!"

방에 들어선 순간, 누군가가 내 이름을 부르며 달려왔다.

역시 『달의 신들』——! 주먹에 마력을 두르려던 순간, 내 눈에 들어온 건——.

"어…… 콜레트?!"

저녁부터 모습을 보이지 않던 친구의 모습이었다.

허를 찔려 경직한 사이에 꼭 끌어안긴다.

"너, 너는, 이제까지 대체 어디 있었던 거야——?! 그리고 여기서 뭐 하는 거냐고!"

"음~! 원래의 밀레느구나! 요즘은 단둘이 있을 기회가 적어서 참 그리웠다!"

"크아~! 걸리적거려! 들러붙지 마!"

힘을 너무 줘서 상처 입히지 않도록 주의하면서 콜레트를 떼어내려고 하지만, 끌어안는 힘이 꽤 세기에 좀처럼 떼어낼 수가 없었다.

한동안 그러는 사이, 콜레트가 불쑥 몸에서 힘을 뺐다.

짜증이 나려는 차에 해방되자 김이 샌다.

잠시 헛기침한 후, 나는 만면에 미소를 지은 콜레트를 미심쩍은 눈으로 봤다.

"하아…… 정말이지. 네가 왜 여기 있어. 희한하게도 저녁때 먼저 가겠다고 한 뒤로 지금껏 코빼기도 안 비쳤으면서."

개운하지 않다. 그런 식으로 생각하면서 머리를 대충 긁적이자 콜레트가 상냥하게 웃고 콧소리를 냈다.

"후후, 다 안다. 걱정한 거지?"

다 안다는 것처럼 말하는 바람에 혀를 찼다.

그래. 네 말이 맞다고, 빌어먹을. 아무 생각도 없는 듯이 천진난만하게 굴면서도 사람의 미세한 심리를 눈치채는 능력은 진짜 왕족 같아서 열불이 난다.

『야만스러운 송곳니(새비지팽)』의 이름이 울겠다. 그렇게 생각하면서도 실제로 콜레트가 이렇게 웃는 것을 보니 안심된다.

"헛소리 작작 해. 그래서……? 별일 없다면 다행이지만—— 이런 시간에 무슨 일로 내 방까지 찾아온 거야? 코르온의 위광도 사감한테는 안 먹히잖아?"

하지만 놀아나기만 하는 건 싫다.

여자 기숙사에 사는 학생들이 공포의 대상으로 여기는 사감을 언급하면서 이런 시간에 이런 장소에 있는 이유를 캐물었다.

그러자 콜레트는 만족한 것처럼 팔짱을 끼고 코로 숨을 들이마셨다.

"볼일은 없다! 그리고 딱히 밀레느를 찾아온 것도 아니지."

"아앙?"

영문을 모를 발언이어서, 왼쪽 눈썹이 곤두선다.

볼일이 없고, 나를 찾아온 것도 아니다. 그렇다면 내 룸메이트인 홀리를 찾아온 건가 싶어도, 본인은 이 자리에 없다.

"후후…… 똑똑한 너라면 알 텐데?"

의기양양한 콜레트의 태도. 이건——.

"설마, 너……."

"소등 시간 전에 '자기 방'에서 대기하는 건, 모범적인 기숙사생다운 행동 아닐까?"

뭔가 수작을 부려서, 방 배정을 바꾼 건가……?!

제르포아 마법학원은 귀족 자녀가 다니는 교육 시설이다. 그렇기에 애들 투정에는 익숙해서, 어지간해서는 사적인 요구를 들어주지 않는다고 하는데…….

"너, 그 사건을 이용한 거지? 저녁때 말한 볼일이라는 것도 이거였냐……."

"어허. 듣기 좀 그런걸. '그 사건이 아버님에게 알려지면 곤란하겠지.'라고 투덜거렸을 뿐인데 말이다."

학원에는 급소가 있다.

대국 코르온의 황녀가 마약을 유통하던 사교 집단에게 감금당하고, 하마터면 목숨마저 잃을 뻔했다는 대형 사건—— 그것을 은폐했다는 사실.

코르온 황녀가 위험에 처한 사건이다. 코르온 본국에 알려지면 국가 레벨의 큰 문제가 된다.

정말 낯짝 한번 두껍다.

사건의 당사자도 콜레트지만, 사건의 은폐를 주도한 것도 본인이면서 그것을 무기 삼아 억지를 쓸 줄이야.

"써먹을 수 있는 카드라면 뭐든 써먹으라는 가르침을 실천에 옮겼다. 이걸로 언제든 함께 있을 수 있게 됐구나, 밀레느!"

순진하게 웃는 콜레트.

하지만 그 방식은, 말하자면 자기 자신의 가치를 알면서 인질로 써먹는 거나 다름없다고 할까—— 매우 악랄하다. 천진난만한 얼굴로 아무렇지도 않게 그런 수단을 선택하는 모습에서 미래의 여제가 보인다.

그것이 이르타니아를 향하지 않기를 빌 뿐인데——.

"하아……."

그 이유가 자신을 향한 호의라고 생각하면 다소 표정이 풀어지는 것도 어쩔 수 없겠지.

"밤에는 푹 자는 편이다. 너무 시끄러운 건 사양이라고."

"오냐! 밤샘은 미용의 적이라고 하니 말이다!"

"글쎄다. 옷 갈아입을 테니까 고개나 돌려."

지금은 아직 천진난만한 여제에게 쓴웃음을 짓는다.

그건 그렇고, 욕망에 참 솔직하다고 할까.

옷의 단추를 잡고 하나씩 하나씩 푼다. 정말이지, 여자 옷은 왜 이렇게 거추장스러운 걸까. 아니, 여자 옷이 아니라 귀족의 옷이라서 그런 걸까.

전생의 용병 시절을 떠올리니, 옛날이 조금 그립다—— 하지만 바로 그때, 기척이라 할까…….

"야, 너무 빤히 보지 마."

"여자끼리 괜찮지 않으냐. 같은 방에서 생활하니까 일일이 신경 쓸 것도 없을 텐데?"

내가 잠옷으로 갈아입는 모습을 콜레트가 뚫어지게 보는 것을 느끼고 눈을 흘겼다.

언동에서 어렴풋이 눈치챘지만, 이 녀석한테는 그런 쪽 취향이 있는 걸까.

미래의 그 시점에서도 미혼이라고 들었다. ……뭐, 신경 써 봤자 소용없다. 콜레트는 나와 나란히 설 수 있게 될 때까지는 그럴 마음은 없을 테니 말이다.

"그럼 나는 잘 거야. 불은 알아서 꺼."

"아니, 나도 이만 자겠다. 불은 벌써 꺼도 되겠느냐?"

침대에 누워서 긍정의 뜻을 밝히자 콜레트는 천장의 마석등(磨石燈)을 향해 손가락을 움직였다.

미약한 마력을 감지한 마석이 서서히 어두워지자 실내가 어둠으로 가득해진다.

이것으로 오늘도 끝이다. 내일 시작될 바쁜 일상에 대비해 푹 쉬어야겠다.

빤
히

⋯⋯

"이봐……."

"음? 왜 그러느냐, 밀레느."

그렇게 생각했는데——.

"왜 내 침대에 오는 건데……?! 네 침대는 저기 있잖아……!"

어째서인지 모포를 걷으며 내 침대에 들어오려 하는 콜레트를 향해 고함을 지르면서, 나는 상체를 일으켰다.

"매정한 소리 마라. 모처럼 같은 방이 되지 않았느냐. 더욱 깊은 친목을 다지자는 거다."

"그런 건 네가 납득할 때까지 미루기로 하지 않았어?"

"작은 애정 표현이다. 나와 너의 미래를 확인하기 위한……."

얇은 옷으로 풍만한 육체를 착 감싸고 요염하게 웃는 콜레트.

솔직히 말해 아찔하다. 나는 숙녀 행세에 익숙해진 줄 알았는데, 깊이 생각하지 않는 구석에서는 이러니저러니 해도 남자인 것 같다.

아니다. 이렇게 매력적인 여자가 상대라면, 남자든 여자든 상관없겠지.

하아, 콜레트는 정말…….

"장난은 그만하세요. 아직 그럴 때가 아니에요. 그렇죠?"

"음."

거절 의사를 확실히 담아서 다가오는 콜레트를 밀어낸다.

콜레트는 살짝 볼을 부풀리고—— 본인이 느끼는 답답함을 숨으로 내쉬었다.

"하아…… 알았다. 이런 건 다음을 위해 아끼지. 하지만 잊지 마라. 나는 이미 네 것이다. 밀레느가 원한다면 언제든지……
알겠느냐?"

콜레트는 요염한 다리를 치우면서 침대 밖으로 나갔다.

무심코 작게 한숨을 쉬었다.

'나는 네 것'은 무슨. 결국 근본은 다르지 않다. 원하는 건 뭐
든 손에 넣으려고 하는 여제다.

그 말에 몸을 맡기면 얼마나 편할지. 하지만 나는 아직 그 선택
의 무게를 짊어질 각오가 없다.

정말이지 엄청난 일이 벌어지고 말았다.

나는 누구를 원망하면 될까. 한심한 교사들일까. 계기를 만든
『달의 신들』일까── 아니면 『신』일까.

또렷해진 눈을, 뛰는 가슴을 가까스로 진정시키고── 나는
더욱 바빠질 일상에 대비해 눈을 감았다.

제3화 인과(因果)

"밀레느 님, 좋은 아침이에요!"

"아…… 으음, 좋은 아침이네요, 알베르 님."

아침, 교실에서.

유령처럼 흐늘거리던 나는 알베르의 목소리를 듣고 정신을 차리면서 억지로 숙녀다운 표정을 지었다.

콜레트와의 그 일이 있고 나서, 결국 별로 자지 못하는 바람에 피로가 남은 결과가 이 꼴이다.

직전의 축 늘어진 표정을 본 건지, 알베르는 미간을 찡그린다.

"저기, 괜찮으세요? 밀레느 님. 무척 피곤해 보이시는데……."

"그래요. 어제…… 이런저런 일이 있었답니다."

숙녀의 가면을 다시 잘 썼다고 생각했는데, 이러니저러니 해도 나를 잘 관찰하는 듯, 알베르가 진지하게 말을 걸었다.

실제로 피곤하므로, 나는 이유까지는 밝힐 생각이 없다――고 넌지시 밝히고 힘없이 미소를 지었다.

피곤할 때 누군가가 걱정해 주면, 기쁘다. 그 마음에 부응하고 싶어지며, 괜한 걱정을 끼치지 않도록 이유도 설명해 주고 싶어진다. 하지만 그랬다간 일이 더 성가셔질 게 뻔했다.

"좋은 아침이다, 알베르 왕자."

"아, 네. 좋은 아침이에요, 콜레트 황녀…… 왜 그러죠? 표정이 참 의기양양하네요……."

뭐, 내가 입을 다물어도 고민의 원흉인 콜레트가 당당하게, 자랑스럽게 이야기할 게 뻔하겠지만.

남들이 보는데도, 나는 머리를 감싸 쥐었다.

"어? 어어? 밀레느 님은 피곤해 보이시는데, 콜레트 황녀께서는 어떤 기분으로 그런 표정이죠……?"

"뭐, 내가 어제 좀 기쁜 일이 있어서 그렇지. 그 여운에 잠긴 것뿐이다."

"그게 무슨…… 말이죠? 밀레느 님이 피곤하신 것과 무슨 관계가……?!"

예상이 적중했다.

두 사람은 서로에게 묘한 경쟁심을 품고 있다. 그러니 알베르보다 앞서 나가게 된 콜레트가 잠자코 있을 리가 없다.

"미, 밀레느 님!"

"크크큭…… 이야기해 주는 게 어떻겠느냐, 밀레느. 우리의 관계를 말이다."

"뭐라고요?!"

마을 처녀를 억지로 취한 쓰레기 귀족 같은 소리를 내뱉으면서, 콜레트가 유쾌한 듯이 소리를 내어 웃는다.

의미심장한 말에 표정이 확 변하는 알베르.

"어제, 여자 기숙사에서 방 배치가 변경되었답니다. 그래서 콜레트 님과 제가 같은 방이 되었어요."

"뭐라고요?!"

아까와 같은 말을, 더 요란하게 되풀이하는 알베르.

분주하게 움직이는 눈은 회오리를 연상케 했다.

"그, 그렇다면…… 피곤해 보이는 것도, 설마……!"

"방을 바꾼 첫날인 만큼, 친목을 다졌다. 차이가 벌어졌군? 알베르 왕자……."

"뭐라고요?!"

그 말은 이제 그만해.

나는 노골적으로 한숨을 쉬고 다시 머리를 감싸 쥐었다.

귀찮다고 설명을 빼먹었다간, 더 성가셔질 것 같다.

주위에서 호기심이 모이는 게 느껴진다. 이대로 두 사람이 폭주하게 두다가 '이르타니아 왕자의 약혼녀를 코르온 황녀가 빼앗았다' 같은 소문이 돌기라도 하면 최악이다. 이미 늦었을지도 모르지만.

"오해가 생기지 않게 설명해 드리자면, 딱히 아무 일도 없었답니다. 황송하게도 제게는 알베르 님의 약혼자라는 입장이 있고, 콜레트 황녀님께서도 그 부분을 헤아리지 못하실 분이 아니니까요."

"아, 뭐냐. 시시하게 벌써 진실을 폭로하는 것이냐."

최대한 논리 정연하게, 대수롭지 않게 설명하는 내 말을 듣고, 뜻밖이라는 표정으로 '진실 폭로'를 확정하는 콜레트.

"네……? 아, 그, 그런가요……?"

"이런 일로 거짓말할 리가 없잖아요. 오해하면 곤란해요."

"다, 다행이야……."

나와 콜레트의 태도를 보고서야, 알베르는 안도의 한숨을 쉬었다.

그 눈에는 눈물이 맺혀 있었다. 뭘 질질 짜는 거냐며 엉덩이를 걷어차 주고 싶지만…… 상대가 콜레트라면 어쩔 수 없는 구석도 있으니까 지금은 봐주자.

"뭐야. 평소처럼 콜레트 황녀와 알베르 왕자가 신경전인가."

"밀레느 님도 참 고생이 많군요."

평소에도 그런 탓인지, 마른침을 삼키고 지켜보던 주위 학생들이 황당해하는 기색을 보이며 흩어졌다.

두 사람이 바보라서 다행이다. 평소에 얌전하게 지냈으면 재학 중에 말도 안 되는 소문이 돌았을 것이다.

"하아…… 너무 이상한 농담은 참아 주세요."

"미안, 미안하다. 장난이 좀 지나쳤던 것 같구나."

콜레트는 깔깔 웃었다. 나는 간담이 서늘해서 그럴 겨를이 아니었지만.

그나저나 귀찮아서 방치하면 더욱 나쁜 방향으로 굴러가는군. 당연하지만, 귀찮아해서 좋을 일은 없는 듯하다.

"거참……."

긴장이 풀리면서, 숙녀의 가면이 약간 벗겨진── 바로 그때였다.

우리를 보는 녀석이 있다. 흩어지는 학생 중에도 아직 우리를 보는 녀석이 있지만—— 그런 게 아니다. 적개심에 가까운 경계를 드러내는 녀석이, 있다.

희미하게 감도는 기척과 마력을 느낀 나는 태연한 척하며 시선을 준다.

"아……."

그러자 시선 앞에서 티가 나게 고개를 돌리는 녀석이 있었다.

고개를 홱 돌리는 바람에 얼굴을 확인하지는 못했지만, 잘 손질해서 부드러워 보이는 금발의 작은 소녀다.

눈에 익은 걸 보면 같은 반일 것이다. 저건 분명, 입학식 때도 나를 쳐다본 녀석이다.

그 뒤로 별다른 움직임이 없어서 깜빡 잊었는데—— 그렇다고 안심할 수는 없다. 친근한 상대라도 믿을 수 없다는 건 헤르만이 증명해 주었다.

항상 경계하는 건 아니지만, 이렇게 알기 쉬운 시선이다. 지금껏 감시했다면 눈치챘을 것이다.

그런데 지금 와서 빤히 보기 시작했다는 건——.

'달의 신들—— 아니, 그 녀석들에게 고용되어 나를 감시하는 건가?'

숙녀답지 않은 것을 알면서도 내 시선이 매서워진다.

"밀레느, 왜 그러느냐?"

"무슨 일 있으세요?"

하지만 자신이 경계하는 것을 들켜도 좋지 않다.

나는 두 사람의 목소리를 듣고 퍼뜩 정신을 차렸다.

"아무것도 아니랍니다."

그제야 겉으로 정숙한 미소를 드러내고 대답했다.

두 사람은 그럭저럭 농밀한 사이다. 불렀을 때 노골적으로 의식을 바꾼 것을 알아챘겠지. 나를 괴이쩍게 보면서 서로 얼굴을 살핀다.

위험했다. 만약 우리를 감시하는 게 『달의 신들』의 일원이라면, 조금만 지켜보고 싶다.

그러기 위해서라도, 시선을 눈치챈 것을 들키고 싶지 않다.

"정말이지, 답답하군요."

주위에 있는 알베르와 콜레트에게 들리지 않을 만큼 작은 목소리로 중얼거렸다.

◆

그런 생각을 했던 게 먼 옛날처럼 느껴졌다.

시계의 긴 바늘이 몇 바퀴 돌면서, 점심 식사 시간이 됐다.

"저기, 밀레느."

"왜 그러시죠?"

조심스럽게, 다름 아닌 콜레트가 조심조심 내 이름을 불렀다.

내 소매를 쭉쭉 잡아당기는 그 행동에서, 신기할 정도로 당혹스러움이 여실하게 전해져 왔다.

설마, 콜레트의 이런 일면을 보게 될 줄은 몰랐다.

이걸 뭐라고 해야 할까. 생각보다 상냥하다고나 할까——.

그 당혹의 원인을, 콜레트는 곁눈질했다.

"(빤히)…………."

그 시선이 향한 곳에는, 기둥——아니, 복도 벽에서 튀어나온 부분에 몸을 반쯤 숨긴 소녀가 있었다.

누구인지는 뻔했다. 아까 우리에게 뜨거운 시선을 보낸 금발 소녀다.

동갑내기에게 소녀란 표현을 쓰는 것이 이상할지도 모르지만, 앳된 외모가 무의식적으로 그렇게 부르게 했다.

또한 우리를 감시하는 어설픈 기술과 슬금슬금 숨으려고 하는 움직임이 작은 동물을 연상케 한다.

"저게 대체 뭐지……?"

"저도 잘 모르겠군요……."

저 소녀가 바로 콜레트가 당혹스러워한 원흉. 몸을 숨겼다기에는 너무 수상한 거동 때문에 오히려 주위 시선을 모으는 조그마한 '감시자'다.

『달의 신들』은 개뿔. 오늘 아침의 경계심이 바보 같다.

"어떻게 하죠……. 제가 말을 걸어 볼까요……?"

약간 머뭇거리는 투로—— 내가 아니라 너무 눈에 띄는 추적자를 배려하면서, 알베르가 지시를 구했다.

이래서야 내버려 두고 말고도 없다. 지금도 사람들 눈에 띄는 저 소녀가 페르만처럼 뛰어난 마술사를 거느리고, 『세상의 종말』까지 잠복하는 『달의 신들』의 일원으로는 도저히 여겨지지 않았다.

일부러 저러는 거라면 적이지만 참 대단하다고 혀를 내두를 수밖에 없겠지만——.

　"아…… 아뇨. 알베르 님을 번거롭게 할 것도 없답니다. 아무래도 저에게 볼일이 있는 것 같으니, 제가 무슨 일인지 물어보겠어요. 다음 모퉁이에서 이야기를 들어보죠."

　목소리를 낮추고 대응을 논의한다.

　감시자가 있는데 이쪽의 행동 방침을 이야기하는 건 하책이지만, 상대방의 행동을 보면 그것도 주의할 필요가 없겠지.

　모퉁이를 돌고 곧장 뒤돌아섰다.

　그러자 한 소녀가 급하게 뛰어왔다.

　"……!!"

　나란히 서서 자신을 내려다보는 세 사람을 본 소녀는 그 자리에서 얼어붙고 작게 숨을 삼켰다.

　놀라서 굳는 모습도 작은 동물 같다.

　"저기, 아까부터 저희를 쫓아오는 것 같던데 무슨 볼일이라도 있으신가요?"

　허탈함 때문에 떨리려는 목소리를 어찌어찌 온화하게 가장하면서, 최대한 상냥한 어조로 말을 건넸다.

　보아하니 알베르는 물론이고 콜레트까지도 상냥한 미소를 억지로 짓고 있었다.

　사람이 불쌍하게 보이면 방약무인 황녀님도 최대한 상대를 배려해서 따스하게 봐 줄 수 있나 보다.

　자, 감시 대상에게 포위당한 작은 동물은 어떤가 하면——.

"모……몰라……."

시선을 쉴 새 없이 움직이면서 내 눈을 몇 번 쳐다본 후, 또 시선을 피하면서 그렇게 말했다.

얼버무린다는 표현조차 아까울 만큼 어설픈 변명. 그리고 상대의 눈을 똑바로 보지 못할 정도의 소심함.

나는 대체 뭘 그렇게 경계한 것일까.

뭐, 이 소녀가 『달의 신들』, 혹은 그들의 입김이 닿은 자에게 이용당하고 있을 가능성도 없지는 않지만…….

"아아, 그런가요. 혹시 저에게 묻고 싶은 게 있으시다면, 답해드릴 생각인데 말이죠……."

상대를 최대한 배려하면서 숨을 필요가 없다는 것을 알렸다.

하지만 솔직히 이게 맞는지 모르겠다. 명백하게 겁을 먹은 상대를 배려한 적이 없기 때문이다.

위압적인 건 아닐까 같은 생각을 하다 보니, 나 자신이 바보처럼 느껴졌다.

하지만 처음에 느꼈던 기척만큼은 틀리지 않았던 것 같았다.

타이르는 투로 말하자 소녀는 다시 허둥지둥 시선을 돌린 후에 매서운 눈으로── 명확한 적의를 담아서, 내 눈을 똑바로 바라봤다.

"밀레느 페투레……! 나는, 안 속아……!"

"……?"

그 말만 남기고, 소녀는 뒤돌아서더니──아마 전속력으로 ──도망쳤다.

나는 황당한 나머지 그 말의 뜻을 물어보지 못한 채 멍하니 서 있었다.

"밀레느, 저자에게 무슨 짓을 한 것이냐?"

"전혀 기억에 없답니다……라고 말할 수는 없을 것 같군요. 입학 직후에 이런저런 일이 있었으니까요."

콜레트의 질문을 듣고 정신을 차린 나는 반사적으로 대꾸하려다가 말을 도로 삼켰다.

솔직히 말하자면, 짚이는 구석이 있기는 했다.

요새는 상급생이나 거들먹거리는 꼬맹이가 나를 건드리는 일이 없어서 얌전히 지내고 있지만, 제르포아 마법학원에 입학한 후로 한동안은 나한테 튀는 불똥을 털어낸다는 명목으로 꽤 싸움박질을 벌였다.

하지만 아무 이유도 없이 팬 상대는 없었다. 아까 그 애가 당사자일 것 같지는 않으니까, 관계자라면 나를 명분도 없이 원망하거나, 아니면 오해했을 가능성도 있다.

'안 속아.'라는 말도 요즘 내가 지지를 모으고 있는 것에 대해 한 말이리라. 그딴 연기에 자신은 속지 않는다는 의미일까.

"흠……? 그런 것치고는 꽤 적대적으로 느껴졌는데 말이다."

하지만 콜레트의 말도 옳다.

마치 이야기 속 악역이 할 법한 대사에서는, 대체 무슨 소리를 들었는지 상상할 수 없을 만큼—— 강한 경계심이 있었다.

적어도 건드리지만 않으면 함부로 날뛰지 않는 인간임을 보여 줬다고 생각하는데.

"으음…… 게다가 다른 사람도 아니고 그 사람이 밀레느 님에게 그런 시선을 보낸 걸 보면, 범상치 않은 이유가 있을 것 같네요."

하지만 바로 그때, 우리와 다른 의문을 입에 담은 알베르가 턱에 손가락을 댔다.

방금 그 말로 볼 때, 저 소녀가 누구인지 아는 것 같았다.

"어? 알베르 왕자, 너는 저자가 누구인지 아는 것이냐?"

"네……? 그야 당연히 알죠. 같은 반이잖아요……? 콜레트 황녀는 밀레느 님 이외의 사람에게도 관심을 좀 가지는 게 어떨까요……?"

똑같은 의문을 느낀 콜레트가 그렇게 말하자 알베르는 당혹스러운 표정을 지으며 그렇게 답했다.

"죄송하지만, 저도 모른답니다."

"미, 밀레느 님도요?! 멜리사 양이에요! 『이르타니아의 무녀』잖아요! 『신이 총애하는 자』로서 만난 적이 없나요……?"

같은 반 학생의 이름을 모른다는 건 좀 그런가…… 하고 나는 반성을 하려 했지만——.

나는 알베르의 대답을 듣고 납득하면서도, 동시에 등골이 오싹해지는 듯한 충격을 받았다.

그렇군. '내가 밀레느가 되기 전'에 만난 적이 있다면, 저 태도도 이해가 된다. 자기 집에서도 미움받던 『밀레느』와 만난 적이 있다면, 지금의 내 태도에서는 위화감이 철철 흘러넘칠 것이다. 그 만남이 어땠을지는 모르겠지만, 경계와 혐오를 느끼기에는 충분했으리라.

하지만 그 이상으로 나를 싸늘하게 한 건, 그 이름이다.

『이르타니아의 멜리사』, 그 이름은 기억한다. 아니, 잊힐 리가 없다.

"멜리사 양이라면…… 『멜리사 튜리오 드 루르토와』를 말하는 건가요……?"

동명이인이 아니라면, 그녀는——.

"네, 그래요. 뭐야, 역시 기억하시나 보네요."

"네. 어렴풋이 기억하고 있답니다."

——그 전쟁에서, 『최후의 시작』으로서 밀레느 이르타니아에게 처형당한 여공작이다.

그 사람이 『이르타니아의 무녀』라고?

민중에게 두터운 신뢰를 받던 공작, 끝까지 폭군 밀레느에게 맞섰던——『이르타니아의 무녀』.

요즘 들어 『달의 신들』이 움직임을 보이지 않아서, 조바심이 나던 참이다.

예전의 역사에서 있었던 멜리사와 밀레느의 대립과 아까 태도를 보면, 멜리사가 이 시기에 벌써 뭔가를 파악했을 가능성도 없지는 않았다.

"부디—— 이야기를, 들어보고 싶군요."

어쩌면 그중에는 내가 알아야만 하는 무언가가 있을지도 모른다.

차가운 흥분을 느끼면서, 나를 이를 보이고 웃었다.

"분위기로 봐서는 이야기하기 쉽지 않을 것 같구나."

그 직후, 콜레트의 말을 듣고 고개를 푹 숙였다.

그건 그렇다. 저렇게 작은 동물 같은 타입은 영…… 대하기 어렵다.

이르타니아 국민이라면 알베르를 잘 써먹어도 되겠지만…….

"자, 어떻게 할까……."

상대방을 겁먹게 하는 건 자신 있지만, 겁많은 상대가 겁먹지 않게 하는 건 처음 해 보는 도전이다.

만약 울리기라도 했다간 장차 학원 생활이 귀찮아질 것 같으니, 방침을 생각해야 할지도 모른다.

갑자기 튀어나온 단서와 난관 앞에서, 나는 한숨을 푹 쉬었다.

제4화 무녀(巫女)

멜리사를 놓친 우리는 식당에서 반쯤 우리 지정석이 된 4인용 테이블에 앉아 식사를 했다.

예쁘게 잘린 당근 글라세를 나이프로 작게 썰고 있을 때, 콜레트의 신음 섞인 목소리가 들려왔다.

"저기, 『이르타니아의 무녀』는 어떤 존재지? 호칭으로 볼 때, 이르타니아 신과 관련이 있는 존재 같은데 말이다."

화제로 삼은 것은 역시 아까 만났던 『멜리사』다.

지금은 모습을 보이지 않지만, 아까까지 우리를── 아니, 나를── 감시했던 멜리사를, 알베르는 『이르타니아의 무녀』라고 불렀다.

──이르타니아는 우리가 사는 나라의 이름이며, 그 이름은 신에게서 따온 것이다. 『무녀』라는 말의 의미를 생각해 보면, 그 호칭에 들어간 『이르타니아』는 신의 이름을 가리키는 것이리라.

"네, 맞아요. 『이르타니아의 무녀』 일족은 대대로 이르타니아 님에게 누구보다 깊은 신앙을 바쳤고, 단편적이지만 이르타니아 님의 신탁을 받는 특수한 능력을 지녔다고 해요."

그 예상은 크게 어긋나지 않은 것 같았다.

설마 신에게서 신탁을 받는다── 같은 이야기가 나올 줄은 몰랐지만.

무심코 입술이 삐딱하게 일그러지는 바람에 의심스러운 감정을 표정으로 훤히 드러내고 말았다.

알베르는 난처하다는 듯이 웃으며 말을 이었다.

"밀레느 님은 이르타니아 님을 믿지 않으시죠? 하지만 『이르타니아의 무녀』는 이제까지 몇 번이나 재해나 재난을 예지했어요. 『임론의 홍수』나 『제벤트 산의 분화』 같은 자연재해 말고도, 『은수저 사건』 같은 음모도 맞췄다고 해요."

아직 이르타니아를 믿는 알베르로서는 자기가 신뢰하는 인물이 자기가 신뢰하는 신을 부정한다는 사실이 씁쓸한 것이리라.

좌우지간 나도 인식을 조금은 바꿀 필요가 있을 것 같다. 지금 알베르가 언급한 사건 사고들은 내가 숙녀다운 최소한의 교양을 갖추면서 알게 됐던 명칭── 즉, 그만큼 커다란 재해와 사건이다.

아하, 그러고 보니. 내 기억 밑바닥에 가라앉아 있던 지식이 떠올랐다.

방금 알베르가 언급한 재해는 미리 피난 및 대책이 있었기에 재해 규모에 비해 피해가 적었다고 책에 있었던 것 같다.

그래. 이제까지는 신 따위 존재할 리가 없다고 생각했지만, 존재 자체는 인정해야 할지도 모른다.

물론, 그래도 나는 이르타니아를 믿을 생각이 없다. 존재가 아니라, 인격——이랄까, 신이란 존재의 행동 모두를 말이다.

　대체 무슨 생각으로 『밀레느』 같은 여자에게 힘을 내린 것일까. 좀 멀쩡한 녀석에게 힘을 줬다면, 예전 역사도 그런 식으로 끝나지 않았을 것이다.

　"그 사람이…… 멜리사 양이 그것을 예지한 『이르타니아의 무녀』인 거군요."

　"네. 저희는 이해하기 어려운 이르타니아 님의 말씀을 이해할 수 있는 유일한 일족이라고 해요."

　아무튼—— 멜리사에게 진짜로 그런 힘이 있다면, 지금 와서 나를 감시하기 시작한 것도 그 힘으로 뭔가를 느꼈기 때문일까?

　"으음…… 이르타니아의 신화는 영 와닿지 않는구나."

　"종교의 자유가 있고 다종교 국가인 코르온 사람은 그럴지도 몰라요. 콜레트 황녀는 믿는 종교가 있나요?"

　알베르는 또 쓴웃음을 짓는다.

　"없다. 언제나 길은 자기 자신이 개척하는 것이다. 신앙을 부정할 생각은 없지만, 나는 보이지도 않고 느껴지지도 않는 존재를 믿지 않아."

　콜레트가 그렇게 대답할 거라고 예측했기 때문이다.

　나도 똑같이 생각하지만——.

　"하지만 페르만 같은 존재가 있는 것도 사실이죠."

　"음…… 그렇지."

　지금은 존재 자체를 부정할 순 없다.

신의 존재를 믿게 된 것은 아이러니하게도, 이르타니아에게 극도의 증오를 드러내는 그 사교 집단 때문이다.

　실제로 페르만은 신이 깃들었다고 해도 과언이 아닌 힘을 발휘했다. 그 점을 생각해 볼 때, 인지를 초월한 존재가 실존한다고 생각하는 편이 아귀가 맞았다.

　"하지만 자기 자신의 힘으로 길을 개척할 수 있다는 것에는 저도 동의한답니다."

　"그래. 밀레느는 나와 같은 타입이라고 생각했다."

　실제로 이르타니아는 자신의 총애를 받는 존재가 궁지에 처했을 때도, 자신을 신앙하는 국가의 백성이 상처 입을 때도, 나라가 불타 사라지는 순간조차도 전혀 힘을 빌려주지 않는 광경을 내 눈으로 똑똑히 목격했다.

　어쩌면 자신에게 충성을 바친 일족의 『무녀』조차도 구원하지 않았다는 에피소드도 거기에 추가될지도 모른다.

　나는 씁쓸한 미소를 머금은 알베르를 못 본 척하면서, 홍차를 홀짝였다.

　하지만 그 조그마한 동물 같던 소녀에게 진짜로 그런 힘이 있다면, 바라마지 않던 전개다.

　"길은 자기 힘으로 개척하는 것——이지만, 멜리사 양에게 흥미가 생기긴 했답니다."

　『무녀』의 힘이 어떤 것인지는 모른다. 애초에 신탁이 아니라 『무녀』 자신이 어떤 힘으로 그런 일들을 예측하거나—— 혹은 직접 그런 일을 일으키는 것일 가능성도 있다.

하지만 만약 그 힘이 진짜라면 『이르타니아의 멸망』에 관한 새로운 정보를 알 수 있을지도 모른다.

즉, 다가오는 위협——『달의 신들』에 관한 정보 말이다.

"꼭 직접 만나서 이야기를 나눠보고 싶군요."

"저래서는 무리일 것 같지만 말이다."

콜레트가 턱으로 가리킨 쪽으로 시선을 돌리자 어느새 돌아온 멜리사가 눈에 보였다.

다른 학생이 이용하는 테이블 아래에서, 나른해 보이는 눈이 보인다.

아까부터 멜리사가 나를 관찰하는 건 눈치챘다. 하지만 일부러 그쪽을 시야에 넣지 않은 이유는——.

"……!"

눈이 마주치면 멜리사가 도망치기 때문이다.

"정말이지. 갈 길이 머네요……."

"으극……!"

서둘러 도망치려다 테이블에 머리를 부딪친 멜리사가 눈물을 글썽이며 멀어져가자, 나는 또 한숨을 푹 쉬었다.

◆

『감시자 멜리사』 사태가 시작되고 일주일이 흘렀다.

나는 여전히 멜리사에게 계속 감시당하고 있다. 왕족 두 사람과 『스루베리아의 머리칼』을 감시하는 조그마한 학생이란 존재는 학원 전체에서 화제가 되고 있었다.

그런데도 시선이 마주치면—— 그러니까 자기가 '발각되면' 도망치는 것을 보면, 아마도 멜리사 본인은 들키지 않고 잘 감시 중이라고 여기는 거겠지.

"오늘도 왔구나. 정말, 질리지도 않는 건지……."

"참 열심이군요. 차라리 당당히 근처에서 보는 게 낫지 않을까 싶어요."

이제는 위협을 느끼지 않는 것이리라. 오늘도 나무 뒤에서 몸을 잘 숨기지 않은 멜리사를 보고 알베르와 콜레트가 쓴웃음을 짓는다.

한편으로 나는 멜리사를 보지 않으며 목검을 휘둘렀다. 내가 쳐다보면 도망가기 때문이다. 민간 설화에 나오는 요정인가 싶어서 한숨이 나온다.

"저희를 아직 신뢰할 수 없는 거겠죠. 그것보다 두 분의 마력에서 패기가 느껴지지 않는군요."

"어이쿠."

"아, 주의할게요."

냉랭하게 마력이 느슨하다고 지적하자 두 사람은 허둥지둥 몸에 두른 마력을 다듬는다.

몸에 마력을 두르고 있으면, 대미지에 어느 정도 내성이 생긴다. 만약 일상생활을 하면서도 계속 마력을 두를 수 있게 된다면, 기습 대책이 될 것이다.

——『달의 신들』의 목적은 아직 잘 모르지만, 녀석들이 『혼

돈의 세상』인지 뭔지를 목표로 삼은 건 틀림없다. 왕족의 목숨 마저도 장기말로 여기는 녀석들이 무슨 짓을 벌일지 모른다.

잘 때 말고는 마력을 둘러서 갑작스러운 사태에 대비하고, 마력을 꾸준히 사용함으로써 전체 양을 늘린다. 그와 동시에 낭비하는 힘을 줄여서 장기적으로 안정적인 마력 조작 기술을 습득한다. 그것이 이 단련의 목적이다.

"그건 그렇고…… 합리적인 단련 같지만, 그만큼 지치네요."

"음. 보람이 있어서 참 좋다만, 덕분에 기숙사에 돌아가자마자 곯아떨어지는 하루하루다!"

온종일 마력을 몸에 두른다. 말만 들으면 단순한 단련 같지만, 참 어려운 일이다.

자기 마력량을 생각해서 배분하고, 항시 힘을 방출한다——그것은 고대에 했다는 장거리 경주를 하면서 생활하는 것이나 다름없다. 방출하는 마력의 양에 따라 다르겠지만, 보통 사람은 한 시간도 버티지 못할 것이다.

그것이 고작 사흘 만에 가능해지고, 지금은——밤이면 죽을 상이 되지만——편하게 이야기할 여유마저 생겼다. 정말이지 왕족이란 것들은 우수한 혈통을 만들어 온 만큼 재능도 반칙 수준이다.

애초에 단련할 마력의 그릇도 없었던 내가 보기에는 부러운 이야기다. 그보다도 『밀레느』 같은 쓰레기가 『스루베리아의 머리칼』 같은 하늘의 은총을 받은 사실이 더더욱 불합리하게 느껴지지만.

뭐, 지금은 나도 재능이 있다. 적을 도발하는 것 말고는 가급적 교만하게 굴지 않고, 적을 만들지 않도록 살고 싶다.

"하지만…… 확실히 진전이 느껴지는군요."

그건 그렇고── 그만큼 고생을 시킨 보람은 있는 것 같다. 이며칠 동안, 두 사람의 마력량이 확연하게 상승했다.

페르만 수준은 아직 미치지 못하겠지만, 콜레트는 코르온의 대장군조차도 '가르친다'고 말할 여유가 없겠지. 알베르도 이르타니아에서는 상당한 실력자일 것이다.

이미 같은 세대의 꼬맹이는 상대도 안 돼.

"후후, 그건 어느 쪽 이야기일까."

하지만, 내가 말한 건 그게 아니다.

"양쪽 다, 랍니다."

콜레트의 그 말에, 나는 자신만만한 미소로 답했다.

확실히 두 사람의 성장은 괄목할 만하다. 가르치는 나도 확실한 진전을 느낄 정도로.

하지만 진전은 그것만이 아니다.

"(빤히)……."

지금도 우리를 감시하는 멜리사. 내가 느낀 진전 중 하나다.

"딱 봐도 전보다 거리가 가까워졌군요."

"그래요."

알베르가 말했다시피, 감시의 거리가 좁혀졌다.

처음에 매복했다가 실패한 이후로 멀찍이서 감시하던 멜리사는 날이 갈수록 거리를 좁혔다.

친근감이 생긴 건 아니겠지만, 그것이 방심이든 뭐든 경계심이 줄어든 것은 명백했다.

멜리사는 샌드위치를 입에 가득 문 상태였다. 음식을 먹을 여유가 생긴 것이다. 아니, 저 무방비함은 방심이겠지만.

"어떻게 할 거지? 이 거리라면 도망치기 전에 붙잡는 것도 용이할 거다."

얼굴을 내밀면서 목소리를 낮춘 콜레트가──조금 가학적인 느낌이 섞인──온화한 미소를 지었다.

뭔가 나쁜 짓을 꾸미는 기운을 느낀 것일까? 멜리사에게서 초조함이 느껴졌다.

그 말대로 이 거리라면 붙잡기 쉽다. 셋이서 하면 토끼를 잡는 것보다도 손쉬우리라.

물론 슬슬 이 장난을 끝내고 싶은 마음도 있다.

"아뇨. 관두죠. 기왕이면 이번 기회에 오해를 확실하게 풀고 싶어요."

하지만 지금 서두르면 아깝다.

이쯤 되면 멜리사가 술래를 터치하는 모습을 지켜보고 싶단 생각도 든다.

붙잡는 게 빠르지만, 그러다가 토라져서 말이 안 통하면 난처하다. 그리고 아무래도 '억지로' 말을 끌어낼 수도 없다.

"알았어요. 괜찮아요. 분명 얼마 안 남았을 거예요!"

"그런 것 같군요."

의욕을 드러내듯 두 주먹을 쥐고 얼굴 높이로 드는 알베르.

자, 얼마 안 남은 건지는 모르겠지만…….

봐서는 나를 심하게 적대시하는 것 같다.

그것이 이르타니아의 『신탁』 때문일까, 아니면——『밀레느』와의 악연 탓일까. 어느 쪽이든 저 겁많은 애가 결의에 찬 표정으로 다가올 정도다. 범상치 않은 이유가 있겠지.

"애가 타는걸……."

나한테도, 정말 마음에 안 드는 것이 있다. 저 얼음이 녹는 데 시간이 걸리는 것도 안다.

아무튼, 지금은 그저 기다리자.

검을 휘두르고, 자세를 잡는다. 검끝을 바라보며, 나는 눈에 힘을 줬다.

제5화 접촉(接觸)

"생각건대, 그냥 기다리기만 하면 더 진전이 없지 않을까?"

오후 실기 수업을 앞둔 점심시간. 눈꼬리를 내린 콜레트가 입안에 있는 음식을 삼키고 문득 떠올린 듯 그렇게 말했다.

주어가 없어도, 우리 사이에서는 뭐가 한계인지 말할 필요도 없었다.

이 자리에 없어도, 그 존재는 항상 우리 화제의 중심이니까.

"(빤히)······."

감시자──즉, 멜리사 튜리오 드 루르토와를 말한다.

긴장이 풀렸는지 첫 만남 이후로 서서히 감시 거리를 좁히던 멜리사는 요 며칠 접근이 멈췄다.

어디까지나 감시하는 태도를 유지하지만, 요새는 그 모습을 감추는 일도 줄어서 당당히 우리를 관찰하고 있다.

하지만 그게 끝이다. 지금껏 서서히 다가오던 멜리사는 일정 거리에서 접근을 멈추고, 딱히 접촉하려고 하지도 않는다.

비유하자면 호수 위에 떠 있는 나뭇가지다. 지금껏 물가를 향해 바람이 불었지만, 어느새 수면이 잔잔해지고 말았다── 그런 풍경이 머릿속에 떠올랐다.

"물어보고 싶은 게 있는 거지? 이대로는 끝이 없다."

"그건 알지만요……."

답답한 것이리라. 콜레트의 말투에는 희미하게나마 기가 막힌 기색이 있었다.

실제로 나답지 않다는 생각이 든다.

억지로 붙잡아서 캐물으면 된다는 생각이 들지만── 슬쩍 시선을 돌린다.

멜리사의 눈에는 작은 두려움이 있지만, 이제는 나를 마주 노려보게 되었다.

이거다. 사명감에 불타고 있다고 할까, 묘한 구석에서 강한 사명감을 느끼게 한다. 적어도 동급생으로서 취할 수 있는 수단으로는 제대로 된 대화를 나눌 수 없을 것 같았다.

그래도 억지로 붙잡는 수단을 쓸 수 있지만──.

멜리사와는 예전 역사에서 직접 만난 것도 아니다. 내가 아는 건 백성을 지키기 위해 끝까지 악독한 밀레느 왕비에게 맞섰던 용감한 공작의 이름뿐이다.

하지만 그렇게 썩은 이르타니아에서도 멜리사 튜리오를 따르는 사람들이 많았다……. 내 절친이 멜리사에게 의리를 바치고 목숨을 잃었기 때문인지, 도저히 저 조그마한 여자애에게 강압적인 방법을 쓸 수가 없었다.

뭐, 지금 모습을 보면『용감한 공작』이야기도 얼마나 믿으면 좋을지 모르겠지만.

"알베르 님. 송구하지만, 어떻게든 대화의 자리를 만들어 주실 수 없을까요?"

"저도 밀레느 님께 보탬이 될 수 있다면 그보다 더한 영광이 없겠지만…… 실은 한 번 거절당했어요."

자기 나라의 왕자가 하는 말조차 듣지 않는다면, 역시 강경 수단을 고려해야만 할지도 모른다.

도저히 내키지는 않지만.

"잘 먹었어요. 식기를 반납하고 올게요."

당연한 소리지만, 고민해도 배는 꺼진다.

오늘도 맛있는 밥을 먹었다는 사실에 감사하면서, 깨끗하게 비운 식기를 정리해서 반납구로 옮기고자 자리에서 일어났다.

"빠르구나. 그래도 기왕이면 나중에 같이 가면 되지 않느냐?"

평소 같으면 식사를 마치는 타이밍이 달라도 함께 자리에서 일어난다.

먼저 일어난 나를 신기하게 보고, 콜레트가 고개를 갸웃한다.

"실은 오후 실기 때 입을 운동복을 기숙사에 두고 왔답니다. 그러니 먼저 자리에서 일어나겠어요. 조금 있다가 수업 시간에 또 봐요."

평소라면 콜레트의 말대로 하겠지만, 괜스레 변덕을 부려서 이러는 건 아니다.

두고 온 물건이 있음을 알리자 콜레트는 납득한 소리를 냈다.

쟁반을 반듯하게 들고 식기 반납구로 이동한다.

설거지하던 식당 직원에게 잘 먹었다고 말한 후, 나는 작게 한숨을 쉬었다.

어디 보자. 수업에 늦지 않게 후다닥 짐을 가지러 가자.

식당을 나서고 작은 동물 같은 기척이 뒤에서 하나 따라오는 것을 느끼면서, 나는 기숙사로 서둘러 걸음을 옮겼다.

중간에 뒤처지는 등 뒤의 작은 기척에 걸음걸이를 맞추며, 나는 작게 한숨을 쉬었다.

◆

멜리사에게 걸음걸이를 맞췄더니 꽤 지체되고 말았다.

학교 건물로 돌아왔을 때는 수업 시간 직전이어서, 나는 조금 서두르는 느낌으로 복도를 걸었다.

목적지는 탈의실이다. 일부러 운동복을 찾으러 갔으면서 수업에 지각할 수는 없다 싶어서, 나는 걸음을 조금 재촉했다.

"……!"

걸음을 재촉하는 나를 놓치지 않겠다는 듯, 멜리사의 걸음도 빨라진다.

발소리도 숨기지 않는 미행이 세상천지에 어디 있을까 싶지만, 이제는 몸을 숨길 필요성을 느끼지 않는 걸지도 모른다.

탈의실에 도착해 보니, 오후 실기 수업이 있는데도 아무도 없었다. 이건 아무래도 서둘러야만 할 것 같다.

교복 단추를 잡아서 하나씩 푼다.

이렇게 서두르다 보니, 여자 옷은 남자 옷에 비해 거추장스러운 부분이 많다는 생각이 들었다. 이미 익숙해졌다고 여겼지만, 불쑥 이런 생각이 드는 것을 보면 내 적응력도 그렇게 좋진 않은 걸까.

아니, 그것보다도 말이다.

슬쩍 탈의실 입구로 시선을 돌리자, 이쪽을 엿보는 멜리사의 눈이 보였다.

"……."

뭐랄까, 같은 여자라고 해도 옷을 갈아입는 모습을 빤히 쳐다보면 이상하게 부끄럽다. 그 정도는 매일 밤 콜레트도 보지만, 그건 아직 가벼운 느낌이랄까…….

"쳇."

아니, 나는 무슨 생각을 하는 거야. 멋쩍은 마음에 멜리사에게서 눈을 돌린다.

태연한 척하면서 블라우스의 단추를 척척 풀고── 나는 멜리사가 보고 있는데도 혀를 찼다.

그러고 보니 자기 몸을 너무 신경 쓰지 않은 걸지도 모른다. 속옷 한 장만 걸친 상태에서, 왠지 싸한 위기감이 생긴 것은 어째서일까.

어쩌면 나는── 바로 그때, 위화감이 들었다.

어째서 멜리사는 탈의실에 들어오지 않는 것일까.

멜리사는 같은 반이다. 그래서 한시도 떨어지지 않고 감시할 수 있는 거지만, 그렇다면 수업 시간표도 같을 게 분명하다.

지금 옷을 갈아입지 않으면, 오후 수업에 도저히 제때 들어가지 못할 것이다.

아니지. 이번 한 번 정도는 빠져도 큰 문제는 안 생기겠지만.

어쩌면 이대로 수업을 빼먹을 생각인 걸까.

멜리사를 곁눈질해 보니, 아직 이쪽을 엿보고 있었다.

수업을 빼먹으려는 걸까, 시간을 모르는 걸까, 혹은 둘 다 모르는 걸까.

그뿐만이 아니다.

"어이, 뭐 하는 거냐!"

갑자기 들려온 목소리에, 멜리사가 몸을 떤다.

혹시나 하고 예상했던 상황이 벌어지자, 나는 머리를 짚고 한숨을 쉬었다.

문밖에서는 멜리사의 눈 대신 우왕좌왕하는 사람의 모습이 보였다.

그럴 수밖에. 탈의실을 대놓고 엿보는 사람이 있으면 호통이 날아오는 게 당연하다.

이대로 내버려 둬도 되겠지만——.

"이쪽으로 오세요."

"……!!"

문 앞에서 허둥대는 멜리사의 팔을 붙잡고 탈의실 안으로 끌어당긴다.

놀랐는지 눈을 크게 뜬 멜리사를 벽에 딱 붙이고——.

"쉿."

조용히 있으라고, 그 작은 입술에 손가락을 댔다.

"거기! 누구 있나?!"

다음 순간, 문밖에서 교사의 목소리가 들려왔다.

"1학년, 봉황반의 밀레느예요."

"미, 밀레느 양인가. 탈의실을 엿보는 자가 그쪽으로 도망친 것 같은데, 혹시 못 봤나?"

다행히 목소리의 주인은 남자 교사 같다. 그렇다면 함부로 탈의실에 들어오지는 않으리라.

작은 경고로 입이 막힌 멜리사가 촉촉이 젖은 눈을 꼭 감는다.

"아뇨. 여기에는 저밖에 없어요, 선생님. 여기는 괜찮으니까, 돌아가 주셨으면 해요."

멜리사가 눈을 확 뜬다.

내가 숨겨줄 거라곤 생각도 못 했으리라. 적의가 있다면 옛날 옛적에 손을 썼을 텐데, 그런 점에는 생각이 미치지 않나 보다.

"으, 음. 자네가 그렇게 말한다면……."

멜리사가 탈의실에 들어가는 순간을 목격했을 테지만, 안에 여학생이 있으니 함부로 들어갈 수 없다. 석연치 않은 투지만, 귀족 아가씨를 상대로 '남자 교사'가 할 수 있는 일은 없다.

"곧 오후 수업이 시작될 거다. 늦지 않도록 주의하도록."

"네, 잘 알겠습니다."

결국 목소리의 주인은 그대로 발소리와 함께 떠나갔다.

작게 한숨을 쉬고 멜리사의 입에 댄 손가락을 뗀다.

멜리사는 굳어 있었다. 하지만 서서히 열기를 띠는 것처럼 얼굴이 붉게 물들기 시작한다.

입술을 들썩이는 것처럼 입을 뻐끔거리고, 눈을 돌렸다가 다시 쳐다보고── 그 수상쩍은 반응을 본 나는 교사가 언성을 높이는 것도 무리는 아니라고 생각하며 쓴웃음을 지었다.

"저를 감시한다는 건 알고 있었지만, 탈의실을 엿보는 건 도가 지나쳤네요."

"으……."

이제야 자기가 무슨 짓을 했는지 이해한 것이리라.

멜리사는 분한 눈치지만, '숙적'에게 지적당하면서도 반박하지 못한다.

탈의실에 침묵이 깔린다. 그러나 멜리사는 도망치지 않고, 이윽고 천천히 내게 시선을 돌렸다.

"왜, 왜, 도와준 거야……?"

아무리 같은 여자라도, 다른 사람이 옷을 갈아입는 모습을 엿본다면 귀족 학교에서는 엄벌감이다.

아직 경계심은 남아 있지만, 멜리사에게서는 안도하는 기색이 느껴졌다.

하지만 그 이상으로, 나에게 도움을 받았다는 사실에 당혹해하는 것 같다.

"요즘 저를 살피고 있다는 건 알고 있었으니까요. 본다고 해서 곤란할 건 없고, 방금도 평소처럼 한 거니까 엉큼한 속셈은 없었죠? 그렇다면 선생님께 혼날 일은 아니라고 생각했기 때문이에요."

딱히 음흉한 속내는 없다고 밝히면서, 되도록 논리 정연하게 대답했다.

딱 하나, 숨길까 생각한 게 있기는 하지만——.

"게다가 제가 아는 사람이 개인적으로 당신에게 은혜를 입었다고 해요. 그래서 당신을 미워할 수가 없다고나 할까요."

용병 시절의 친구를—— 평범하고 거칠지만, 아내를 아끼는 절친의 얼굴을 떠올리면서 그렇게 말했다.

무슨 말인지 이해가 안 될 것이다. 누군가를 도와준 적이 없을지도 모른다.

하지만 그 녀석이 자기 목숨을 바쳐가며 복수하려고 할 만큼 따르던 인물이다. 예전 역사에서 만난 적도 없지만, 이 녀석은 왠지 싫어할 수가 없었다.

멜리사는 고개를 갸웃거리더니—— 곧 눈을 가늘게 떴다.

여전히 노려본다는 표현에 가장 가까운 시선이지만, 첫 대면 때 느꼈던 험악함은 없어졌다.

"역시, 달라……."

멜리사가 작게 중얼거렸다. 하지만 정적이 감도는 탈의실에서, 그 목소리는 오싹할 정도로 잘 퍼졌다.

"『밀레느 페투레』는, 그 여자는 이런 식으로 웃지 않아."

심장이 얼음에 감싸인 것 같았다. 바늘로 찌르는 듯한 한기와 움켜쥐는 듯한 압박감이 가슴을 조인다.

"너는, 누구야……?"

나른해 보이는 멜리사의 눈은, 그런데도 마치 얼어붙은 호수처럼 조용히 나를 응시하고 있었다.

제6화 신탁(神託)

"무슨, 뜻이죠?"

피가 얼어붙는 것 같지만, 몸은 열기를 띤다. 예상하지 못했던 말이지만, 그래도 나는 담담한 투로 되물었다.

딱히, 내가 진짜 『밀레느』가 아니라는 게 들켰다고 해도 큰 문제는 없다. 저택 사람들한테는 내가 『밀레느』이며, 아버지는 나에게 이용 가치가 있기만 하면 충분하리라.

콜레트와 알베르는 내가 되기 전의 밀레느를 모른다.

예전 역사를 생각해 보면, 그 두 사람은 『밀레느』가 아니라 나를 선택해 줄 거라는 생각이 들었다.

그렇다. 본래 밀레느를 대신해 내가 있다고 해서 누가 곤란한 건 아니다. 하지만 나만이 아는 사실을, 만난 지 한 달도 되지 않은 소녀가 알아챘다는 놀라운 사실에 간담이 서늘해졌다.

"방금 물어본 그대로야. 내가 옛날에 본 밀레느 페투레는, 구제할 길이 없는 사람이었어."

나를 보는 멜리사가 눈을 흘긴다.

평소 같으면 귀엽다고 생각했겠지만, 뭔가를 간파당한 나는 그저 속이 거북하다.

"전에 만났을 때 그 여자는 품위가 눈곱만큼도 없었어. 대접에는 트집을 잡고, 매사에 불평만 늘어놓고, 모든 일이 자기 뜻대로 된다고 생각했어. 진짜 바보야."

하지만 멜리사는 『밀레느』를 마구 헐뜯었다.

나는 그 말을 듣고 힘이 쫙 빠졌다. 이만큼 말하는 것을 보면 이런저런 일이 있었을 텐데 대체 『밀레느』는 멜리사와 만났을 때 어떻게 행동하고, 무슨 소리를 한 것일까.

오랜만에 이 몸으로 넘어왔을 때를 떠올렸다. 나는 모르는 일로 평판이 바닥을 치고 있다는 그 기묘한 체험은, 술에 취해서 실수했을 때의 감각과 비슷하다.

그때는 아단에게 엄청 놀림당했...... 아니, 그건 됐다. 떠올리면 부끄러울 뿐이다.

하지만 이 몸으로 지내다 보면, 『밀레느』가 그런 '젊은 날의 실수'를 여기저기 뿌리고 다닌 덕택에 어지간한 일은 신경 쓰지 않게 된다.

하지만 이런 소리를 들으면 조금 찔리는 게 있다.

"그러니까, 지금의 너는 그 여자와 완전히 딴판이야. 옛날의 밀레느 페투레를 아는 사람이 있으면 무조건 의심할 거야."

하지만 그 이상으로 이 말에는 간담이 서늘해진다. 예전의 밀레느를 아는 인간에게, 지금의 나는 위화감 덩어리인 것이다.

"그렇다면 지금의 저는 다른 사람이 위장한 거라고 말씀하고 싶은 건가요?"

"그렇진 않아. 그 머리카락과 신성한 마력은 누가 봐도 이르타니아 님께서 내리신 은총이야. 가짜일 수 없어. 그러니까 다른 무슨 일이 있었다고 생각해."

이토록 단정하는 것을 보면 뭔가 확고한 믿음이 있는 거겠지. 어디까지 눈치챈 건지는 모르겠지만———.

"이상한 말씀을 하는군요. 요즘 저를 감시한 건, 그게 이유인가요?"

변모한 『스루베리아의 머리칼』, 그것만이 감시의 이유일까.

특히나 『밀레느』가 마음에 들지 않는다면, 딴판일 정도로 변하면 오히려 좋은 일 아닐까.

멜리사의 시선이 '과거를 잊고 태평하게 살기는.' 같은 원망 같지는 않다. 그건 더 중요한 일을 위해서 숙적에게 맞서려고 하는 눈빛이다.

"말할 수 없어. 너도, 신용할 수 없어."

그러나 그 이유까지는 알아내지 못했다.

손에 잡히려던 해답이 사라지는 바람에 무심코 혀를 찰 뻔한다.

나는 숨을 깊게 마시고 마음을 진정시킨 다음, 당당하게 웃음을 띠었다.

"그런가요. 그렇다면 저를 신용할 수 있는지, 당신의 눈으로 확인해 보는 게 어떻겠어요?"

아무래도 멜리사는 『밀레느』를 참 싫어하는 것 같다. 내버려 두었다간 다시 원점으로 돌아갈지도 모른다.

그렇다면 멜리사 자신의 눈으로 확인할 필요가 있다. 지금의 나와 과거의 밀레느, 그 차이를.

"신용할 수, 있을 리 없어. 하지만——『그 여자』와 다르다는 건 알겠어."

말을 잠시 멈추고 고개를 푹 숙이는 멜리사.

다시 고개를 든 얼굴에서는 공포가 사라졌다.

"사양하지 않고, 그렇게 하겠어. 내 눈으로, 너를 확인하겠어."

멜리사는 출입구를 향해 걸음을 옮기면서, 싸늘한 눈으로 나를 노려봤다.

내 눈을 응시하면서, 멜리사는 탈의실에서 나갔다.

아하. 내가 들어가기 전의 밀레느를 『그 여자』로 부르는 건가.

처음에는 간담이 서늘해졌지만, 냉정하게 생각해 보니 내가 딱히 곤란할 일도 아니다. 오히려, 알아내야 할 것이 하나 늘어난 듯하다.

저렇게 딱 잘라서 황당무계한 소리를 하니까, 뭔가 멜리사만이 파악하고 있는 정보가 있겠지.

어쩌면 그것이 바로 『이르타니아』의 신탁일까. 만약 그 힘이 진짜라면, 이 망할 상황에 대해 한마디 듣고 싶은걸.

하지만 일단은—— 오후 실기. 그게 우선이다.

유익하기는 했지만, 생각보다 시간을 잡아먹고 말았다. 이건 아무래도 지각에 한 발 걸칠 것 같다.

옷을 다시 갈아입기 시작하고, 운동복을 입기 시작했다.

자, 지각은 거의 확정이지만, 지금이라면 사과 한마디로 어떻게든 될 것 같다. 서두르자.

평소 성실하게 살면 이럴 때 도움이 되어서 좋다. 그렇게 생각하며 문에 손을 대려고 했을 때, 손이 닿기도 전에 자동으로 문이 열렸다.

문 너머에는 멜리사가 있었다.

그렇겠지. 반이 같으면 수업도 같을 수밖에 없다. 결석할 게 아니라면 멜리사도 옷을 갈아입어야 한다.

"……."

눈이 젖은 채, 부끄러운 듯이 얼굴을 붉히고 있다.

"멜리사 양은 조금 늦을 것 같다고 전해 두겠어요."

"미안해."

겁이 많은데도 무언가를 위해 거북한 사람에게 맞서고, 정체 모를 『무녀』의 힘을 지닌 듯한 멜리사. 아까 모습에서는 장래에 밀레느에게 맞서는 공작다움을 느끼게 했지만——.

쪼오끔, 과대평가한 걸까……? 때때로 경계할 필요가 있나 싶을 만큼 멍청함을 보이는 『무녀』의 모습에 한숨을 쉰다.

아주 작게 들리는 "고마워……." 소리를 등지고, 나는 운동장으로 향했다.

◆

오후 실기 시간이 시작됐다.

엄격하다고 알려진 교사에게 한마디 사죄하고 조심하라는 잔소리를 들은 다음, 나는 지금 운동에 대비해 가볍게 몸을 풀고 있다.

이 검술 교사는 엄격한 것으로 유명한데, 평소 성실하게 수업을 받는 내 태도를 높이 평가한 것이리라. 주의 한마디로 끝난 것은 다른 학생과 비교해서 파격적인 처우였다.

뭐, 그것도 알베르와 콜레트가 한마디 보태준 덕택이겠지만.

"멜리사 튜리오 드 루르토와인가. 이야기는 들었다. 몸은 좀 괜찮나?"

그때, 멜리사가 뒤늦게 도착했다.

교사에게는 멜리사가 몸이 좋지 않다고 말해뒀다.

멜리사는 교사의 말을 듣고 당황하면서도, 살짝 끄덕였다.

"그러냐. 너무 무리하진 말아라. 앞으로는 무슨 일이 있다면 무리하지 말고 사전에 말하도록."

멜리사도 가볍게 주의만 듣고 넘어간 것 같다. 인간은 성실하게 살면 득을 볼 때가 있다. 신은 항상 우리를 지켜보신다——같은 게 아니라, 점수를 따 두면 확실하게 도움이 될 때가 있다는 소리다.

멜리사는 심호흡한 다음 평소처럼 나를 감시하러 왔다.

그 거리는 요새 유지 중이던 라인보다 가까워졌다.

"밀레느 님."

그러자 그 거리감을 눈치챈 것이리라. 알베르가 나에게 귓속말했다.

이제까지는 목소리를 낮추지 않더라도 멜리사에게 들릴 거리가 아니었지만, 지금은 그냥 대화가 들릴 거리까지 다가온 셈이다.

"무슨 일이 있나요?"

"아뇨, 멜리사 양과 무슨 일 있으셨나 해서요. 확실히 거리가 가까워진 것 같은데요?"

그것은 물리적인 거리를 뜻하기도 하지만, 알베르는 정신적인 거리를 말한 거겠지.

멜리사를 쳐다보니, 조그마한 얼굴이 고개를 옆으로 돌렸다.

"뭐, 이런저런 일이 있었답니다. 저한테도 뜻밖의 일이었지만 말이에요."

"흐음, 조금 흥미가 생기네요. 이제까지 줄어들지 않았던 거리를 어떻게 줄인 거예요?"

귀찮아서 조금 대충 대답했는데, 웬일인지 알베르가 내 말을 물고 늘어진다.

대수로운 이야기는 아니지만, 요즘 멜리사 관련의 일로 신경을 쓰게 했다. 이야기해 줘도 문제는 없겠지.

"탈의실에서 옷을 갈아입고 있었는데, 멜리사 양이 엿보지 뭐예요. 그때 선생님에게 주의를 받을 뻔할 것을 제가 변호해 줬답니다."

이야기해 보면 그게 전부다.

탈의실을 엿봤다고 하면 큰 문제로 불거질 수 있고, 실제로 근처에 있던 교사는 탈의실을 엿보는 사람이 있다고 생각했을 것이다. 하지만 멜리사에게 감시 이외의 목적이 없다는 것은 알베르와 콜레트라면 말하지 않아도 알 것이다.

"뭐라고요?!"

"으윽?! 귀, 귓가 대고 소리치지 마세요!"

그렇게 생각했는데…….

느닷없이 귀에 대고 소리치는 바람에 본성이 드러날 뻔했다.

괴성을 지른 알베르는 부들부들 떨고 있다.

"서, 서, 설마 밀레느 님이 옷 갈아입는 것을 엿보다니……?! 감히 그런 무례를……!"

얼굴이 시뻘게진 것은 부끄러움 때문일까, 분노 때문일까. 아니, 양쪽 다일까. 알베르는 표정을 알아보기 쉬워서 금방 알 수 있었다.

"진정하세요. 멜리사 양은 저와 같은 여학생이랍니다. 평소에도 그런 건 아시죠? 본 장소가 평소와 다를 뿐이랍니다."

"하, 하지만……! 탈의실을 엿보는 건 다르잖아요……!"

"만약 제 맨살을 보는 게 목적이라면, 굳이 엿보지 않아도 함께 옷을 갈아입는 편이 더 잘 볼 수 있겠죠. 멜리사 양에게 그런 의도가 있을 리 없어요."

"크윽……! 머, 머리로는 이해하고 있지만……!"

설마 알베르가 이런 반응을 보일 줄 몰라서, 두통이 난 것처럼 머리가 지끈거렸다.

요즘 들어 조금은 차분해졌다고 생각했는데, 나쁜 병이 도진 듯하다.

뭐, 실제로 멜리사가 엿보는 동안에 이상하게 부끄러움을 느낀 것도 사실이지만.

"그렇다, 알베르 왕자. 여자끼리 부끄러울 일은 없다."

"그, 그럴, 까요……."

바로 그때, 콜레트가 엄호 사격을 했다.

콜레트가 알베르를 타이른다고 하는 신기한 일이 벌어지자, 나는 감탄해서 눈을 슬그머니 동그랗게 떴다.

"게다가 밀레느가 옷을 갈아입는 거라면, 나도 매일 밤 보니까 말이다!"

"아아아! 당신이란 사람은……!"

콜레트에 한해선 그럴 리가 없지만.

조금이나마 기대했던 내가 바보였다. 이 녀석이야말로 부당한 힘으로 자기 욕망을 실현한 장본인인데 말이다.

"진정하세요. 다들 저희를 보잖아요. 콜레트 황녀도 자중해 주세요."

"이제부터가 진짜 재미인데, 밀레느가 그러니 어쩔 수 없지."

"크, 크윽……! 다른 사람도 아니고 밀레느 님께서 그렇게 말씀하신다면야……!"

말은 그렇게 하지만, 납득하지 못했다는 게 훤히 느껴졌다.

어떻게 해야 이 바보의 머리를 식힐 수 있을까.

"준비 운동은 이제 충분히 했겠군. 그럼 오늘은 대련 형식의 훈련을 실시하겠다. 두 명씩 짝을 이루도록."

수습이 되지 않던 참에, 교사가 흩어져 있는 학생들에게 들릴 만큼 큰 소리로 말했다.

마침 잘됐다. 폭주하는 알베르도, 부채질하는 콜레트도, 일단은 교사의 지시에 따르겠지.

두 명씩 짝을 짓는다면, 오늘은 일대일 대련인가.

"밀레느, 평소처럼 나와 함께하자."

"네, 좋아요."

이럴 경우, 나는 자신과 가장 실력이 비슷한 콜레트와 함께한다.

나와 제대로 싸울 수 있는 사람은 콜레트밖에 없으니까.

알베르도 무력한 자기 자신을 한탄하며, 그것을 받아들였다.

"멜리사 양. 혹시 상대가 없다면, 저와 함께하겠어요?"

하지만 오늘은 좀 달랐다.

알베르는 이글거리는 눈으로 멜리사에게 말을—— 아니, 승부를 제안했다.

"저와? ……알베르 님이? 아, 알겠어요……."

한편, 멜리사는 알베르의 제안에 당황한 것 같았다.

자기 나라의 왕자가 상대라서 최소한의 경의를 표하고 대답했지만, 당혹—— 쉽게 말하자면 '얘가 뭐라는 거야?' 같은 감정이 훤히 보인다.

알베르는 내가 옷을 갈아입는 모습을 엿본 멜리사를 혼쭐내고 싶은 거겠지. 화풀이하려는 마음도 있을지도 모르지만.

"일이 재미있어지는걸."

콜레트가 턱에 손가락을 대고 상반신을 내미는 자세로 두 사람을 응시하고 있다.

거참. 또 좋아하기는. 나는 콧방귀를 뀌고 어이없는 기색을 보였지만——.

사실은, 흥미가 있었다.

기존의 정신 수련과 달리, 실전을 의식해서 훈련을 시킨 알베르가 얼마나 성장했을지.

게다가——.

"……."

멜리사는 목검을 든다. 그러자 흐트러짐이 거의 없는 마력이 온몸을 휘감고 무기를 감쌌다.

"……!"

"호오."

눈을 치뜨는 알베르. 감탄사를 흘리는 콜레트.

——역시나. 어디까지나 짐작이기는 했지만, 멜리사는 제법 강하다고 생각했다.

말은 그래도 특별히 전투 훈련을 받은 건 아니다. 자세는 초보자 수준이며, 의식도 전투에 맞게 다듬은 것과는 거리가 멀다.

하지만 그 마력의 양과 조작 기술은 대단하다.

"마력을 다루는 것이 익숙한 거예요. 일상적으로 상당한 양의 마력을 사용했을 테죠."

어릴 적부터 상당한 양의 마력을 썼으리라. 그렇게 예상되는, 힘차면서도 평온한 마력이다.

"그렇다면 최근 나와 알베르 왕자가 하는 식의 훈련을……?"

"아뇨. 아마도 전투를 의식해서 훈련한 건 아니겠죠. 마력을 꾸준히 사용하는 훈련이 아니라, 마술을 많이 쓴 결과로 몸에 밴 것 같군요."

"마력에 대한 대비가 서툰 것은 그래서인가. 이해했다."

전투 기술에 관해선 콜레트도 일가견이 있다. 멜리사가 지닌 어색함을 눈치챈 듯하다.

"그렇다면 밀레느는 어떻게 생각하지?"

"뭐가 말이죠?"

"알베르 왕자와 멜리사, 누가 이길까를 말이지."

콜레트는 팔짱을 끼고서 나를 곁눈질하고, 시험하는 기색으로 미소를 짓는다.

그 답은 자기도 알 텐데 말이다. 시시하다고 생각하면서도 대답한다.

"십중팔구 알베르 님이겠죠. 마력의 양과 조작 기술은 멜리사 양이 더 뛰어나지만, 이번 대련에서는 공격 마술을 금하니까요. 그리고 알베르 님의 검술은 상당한 수준이랍니다. 승부에 절대적인 건 없지만, 멜리사 양에게는 승산이 거의 없겠죠."

"모범 답안인걸. 하지만 만약 실전이라면?"

"확률은 모르겠지만, 그래도 알베르 님이겠죠. 멜리사 양의 성향은 일대일보다 다수와 다수의 전투에 맞을 테니까요."

바로 대답했다.

멜리사의 마력 조작 기술은 걸출하다. 오랜 세월 조건반사적으로 몸에 새겨진 기술로 보인다. 마력이야 내가 더 많지만, 그것을 다루는 기술로는 세월 면에서 멜리사가 한 수 위겠지.

하지만 그게 전부다. 일대일 전투에서는 전투 경험과 신체 활용이 가장 중요하다. 마력이 없었던 과거의 내가 용병으로 이름을 떨칠 수 있을 정도로.

그런 점을 눈치챈 녀석은, 이 시대에 아직 없으리라.

"시작할까요. 얼마든지 오세요."

"잘 부탁드려요……."

자, 그렇다면 실제로는 어떻게 움직일까.

선수를 양보받았는데도 멜리사는 신중했다. 마력 조작에 익숙하다는 것은 상대의 마력을 가늠하는 기술도 뛰어나다는 뜻이다.

마력으로는 알베르에게 우세라는 사실을 멜리사 자신도 눈치챘을 테지만, 설불리 공격하지 않는 것을 보면 판단력도 좋은 거겠지.

한편으로 선수를 양보한 알베르는 공중을 훑듯이 레이피어 형태의 가느다란 목검을 놀리고 있었다. 끊임없이 움직여서 표적을 못 노리게 하는 것과 동시에, 자신의 몸도 예열하는 완벽한 요격 태세다. 신사처럼 말하면서도 자신의 특기 분야로 상대를 유도하려 하는 교활함이 마음에 든다.

그러면 된다고 속으로 중얼거린다. 이것은 놀이에 지나지 않지만, 실전에서는 사는 게 제일이다. 써먹을 수 있는 카드는 뭐든 써먹어라. 귀족이라면 꺼릴 법한 가르침을 실천하는 알베르를 보면서, 나는 어울리지도 않게 만족하는 것을 느꼈다.

이러니저러니 해도, 알베르를 제자로서 귀여워하는 걸지도 모르겠다.

내 가르침에 성실하게 임하는 자세는 정말이지 나쁘지 않다.

자, 어떻게 될까. 멜리사는 요격 태세를 갖춘 알베르를 경계하는 것 같지만── 막연하게 공격하기 어렵다고 느끼고 있을 뿐, 경험이 부족한 탓에 자세와 의식의 배분에는 이르지 못하는 거겠지.

"이얍!"

결국, 인내심이 바닥난 멜리사가 먼저 나섰다.

순식간에 폭발적인 마력을 뿜으며, 무시무시하게 파고드는 모습을 보인다.

제법이라고 생각했지만, 이 정도일 줄이야. 어지간히 마력을 많이 사용해 본 것 같다.

그러나──.

"음, 역시나 무녀님. 훌륭한 마력이에요. 하지만!"

"……!"

목검을 휘감듯 받아내며, 튕겨내듯 쳐냈다.

검술이라면 알베르가 훨씬 뛰어나다. 나아가 싸우는 행위에 익숙해진 것까지 포함하면 그 우위는 압도적이다.

어찌 보면 이것이야말로 싸움의 본질에 가깝다. 마력의 양은 전투의 승패를 결정하는 큰 요소지만, 결정적인 부분은 다른 곳에 있다.

마력을 가득 담은 멜리사의 일격은 목검인데도 철퇴 같은 위력을 지녔을 것이다. 하지만 그것이 온다는 것을 예측하면 피하기 쉬우며, 일정 수준의 마력을 지녔다면 받아내는 것도 별로 어렵지 않다.

그 타이밍을 포착하는 것이, 전투에 익숙해진 '눈'이다.

자세가 크게 흐트러진 멜리사가 숨을 삼킨다. 태세를 재정비할 작정인지, 물러나려고 다리에 마력을 모은다.

전투처럼 짧은 시간이 연쇄하는 가운데, 멜리사는 잽싸게 자기가 하고 싶은 일을 바로 실행에 옮길 수 있다. 몸을 움직이듯마력을 다루는 그 기술은 대단하다.

"......!"

그러나 알베르는 그 회피 행동을 예측했다.

속도로는 멜리사가 앞서지만, 알베르가 움직임을 예측하며움직이는 바람에 태세를 정비할 시간이 생기지 않는다.

알베르가 휘두른 검을, 목검으로 방어하려고 하지만——.

"아, 크윽......!"

자세가 불안정한 탓에 완전히 미처 받아내지 못하고, 엉덩방아를 찧었다.

"결판이 났군요."

"졌습니다. 알베르 왕자님은, 역시 대단하세요."

대련을 마치고 승리를 선언하는 알베르.

얼이 나간 멜리사가 알베르가 내민 손을 잡자 대련을 지켜보던 학생들이 환성을 질렀다.

그럴 수밖에. 겨우 몇 번 맞부딪힌 거지만, 학생 기준에서는충분히 수준이 높았으니까.

전투 기술을 이제 막 배우기 시작한 햇병아리들에게는 눈으로좇기도 어려울 것이다.

"훌륭하다, 알베르 왕자. 눈이 참 좋은걸."

"감사합니다."

바로 그때, 대련을 지켜보고 있던 교사가 알베르에게 다가가서 찬사를 보냈다.

알베르는 차분한 분위기로 답례했다.

햇병아리라고만 생각했는데, 이렇게 보니 제법 그럴싸해졌다.

내 눈에는 여전히 미숙해 보이지만, 어른이 됐을 즈음에는 어엿한 검사로 성장할 것이다. 어느 정도는 필요하다 할지라도 그것이 왕자에게 필요한 능력인지는 따지지 않겠지만.

"멜리사 튜리오. 너도 마력 조작이 참 뛰어났다. 강대한 마력을 유려하게 다루는 기술은 정말 대단하더군."

한편, 수준 높은 대결은 어느 한쪽만 강해선 실현되지 않는다. 알베르와 멋진 대결을 펼친 멜리사 또한 높이 평가됐다.

"하지만 검술로는 알베르 왕자가 몇 걸음 더 앞섰군. ──다들, 본 사람이라면 이해했겠지. 전투에서 마력은 무엇보다도 중요한 요소지만, 검술 또한 버금가게 중요하다는 사실을! 이 싸움을 되새기며, 한층 더 훈련에 힘써 줬으면 한다!"

실력이 뛰어난 두 사람 사이에서 승패를 가른 것은 검술 실력 차이다── 그렇게 결론을 내린 교사는 훈련 재개를 알리듯 손뼉을 쳤다.

좋은 교재가 될 것 같았기에, 학생들이 알베르와 멜리사의 대결에 정신이 팔리는 것을 허용한 듯하다.

입학 초에 여러모로 난리를 피우면서 이 또래 녀석들의 수준은 얼추 파악하고 있다. 웬만한 3학년도 방금 같은 대결을 펼치지 못할 것이다. 그러니 학생들에게 보여주고 싶은 심정은 이해가 된다.

하지만 그것만으로는 40점이다. 검술과 마력, 양쪽 다 싸움에서 결판을 내는 데 중요한 요소지만, 가장 중요한 것은 방금 알베르가 선보인 '경험'과 그것으로 배양된 '유연함'이다.

이 교사의 말도 틀리진 않았지만, 그래도 그 말의 전제에는 '마술'과 '검술'을 통한 '정정당당'이 존재했다.

실제 전장에서 살아남으려면 '이기는 방식'을 알아야만 한다.

알베르도 실전 경험이 부족하지만, 내가 실전에서 터득한 기술을 가르쳐 줬다. 저택에서 지내던 시절에 매일은 아니라도 자주, 뻗을 때까지 단련을 시킨 건 헛고생이 아니다.

뜻밖에도 자기가 가르친 녀석이 인정받으니 기분이 썩 나쁘지 않다. 나는 작게 코웃음을 흘렸다.

"그나저나 알베르 왕자는 검술이 뛰어난걸. 어디서 배웠지?"

그렇게 기분이 좋았던 나는 느닷없이 급소를 찔린 바람에 굳어버렸다.

그 말은 위험해, 선생.

"잘 물어보셨어요!"

알베르가 그 말을 듣고 가만히 있을 리가 없다고.

가슴에 손을 대고 힘차게 노래하듯 이야기를 시작한 알베르는 이제 멈출 수 없다.

"저는 왕궁에 초빙한 강사에게 검술의 기초를 배웠지만, 다른 모든 것은 경애하는 밀레느 님에게 배웠어요! 선생님께서는 방금 제 실력을 칭찬해 주셨지만, 제 검술은 밀레느 님께 비하면 햇병아리나 다름없죠!"

찬사하는 알베르에게 넋이 나간 것도 잠시, 급우들의 시선이 내게 쏠린다.

"호오…… 그 몸놀림이 범상치 않다는 건 알고 있었지만, 그조차도 진짜 실력을 드러낸 것은 아니다 이건가."

"그 말씀이 맞아요! 강하고, 아름다우며, 모든 상황에 대처할 수 있는 유연함은 왕국── 아니, 전 세계를 뒤져도 어깨를 나란히 할 사람이 없겠죠! 저는 밀레느 님의 아름다움에 반해서 조금이라도 따라잡으려고 노력하고 있지만, 아직 발치에도 미치지 못했어요."

알베르는 정말 기분이 좋아 보였다. 내숭을 떨지 않는다면 성큼성큼 다가가서 머리를 쥐어박고 싶지만, 정숙한……은 이제 무리라고 해도, 숙녀 행세를 하는 지금은 그럴 수 없다.

"그러고 보니 하급생을 괴롭히는 상급생과 싸울 때의 그 화려한 검술은 정말……."

"문무를 겸비한 거군요. 역시 밀레느 님!"

학생들이 술렁거렸다.

장래를 생각하면 남들의 주목을 받는 것도 그만큼 관록이 붙는 거라 나쁘지 않지만, 현재로선 괜히 눈에 띄는 것도 성가실 것이다.

"그렇구나. 생각보다 평판이 좋네."

그 멜리사조차도 감탄한 기색으로 나를 보고 있다.

아, 젠장. 유능한 왕자라서 쓸데없이 발언력이 있으니까 골치가 아프다.

"크크큭. 밀레느는 인기가 참 많구나."

"제발 작작 좀 해 줬으면 싶군요."

시끌벅적한 가운데, 옆에 있는 콜레트만 들리게 투덜거렸다.

장래에 실력을 내세우는 사업을 시작할 거라면, 이것도 좋은 선전이 되겠지만……

기대가 가득한, 반짝이는 눈빛 같은 것은 전생에서 인연이 없었다. 몸이 근질거리는 것을 참을 수 없다.

기분을 풀려는 듯이, 목검을 든다.

"자, 콜레트 황녀. 저희도 시작하죠."

"음? 뭐, 나는 상관없다만."

기분을 푸는 데는 몸을 움직이는 게 최고다.

콜레트를 향해 목검을 들자, 콜레트도 용맹한 미소를 지었다.

이게 실수였다는 것을 눈치채는 데는 그리 오랜 시간이 걸리지 않았다.

오후 실기 수업은 큰 환성 속에서 끝났다.

제7화 잠입(潛入)

"그리하여 이름 없는 마을은 이제 멸망밖에 남지 않은 고난과 역경을 헤치고, 그 승리로써 건국의 깃발을 내걸었다고 해요. 이것이 『이르타니아』라는 나라의 시작이라고 전해지죠."

밤 시간대.

나는 모여든 여학생들 앞에서 이르타니아의 역사를 설명해 주고 있었다.

나는 기숙사의 야간 자유 시간에 인맥 만들기와 나 자신의 복습을 겸해서, 담화실에서 여학생들에게 공부를 가르쳐 주는 일이 많다.

기본적으로는 누군가가 나에게 개인적인 문제를 가져오면 가르쳐 주는 형식이지만, 오늘은 평소와 다르게 많이 모인 학생들 앞에서 강의 형식으로 가르쳐 주고 있다.

"와…… 지금은 대국인 이르타니아도, 처음에는 작은 마을에서 시작됐군요."

"정말 보탬이 됐어요, 밀레느 님!"

이것도 다 오늘 수업이 각 나라의 역사 관련이었기 때문이다.

이 대륙에는 크고 작은 다양한 국가가 꽉꽉 들어차 있으니까 하나하나를 자세하게 배우지 않지만, 그중에서도 대국으로 불리는 나라의 역사는 수업 비중이 높이 설정되었다.

그래서 대국으로 불리는 다섯 나라 중에서 하나인 이르타니아 출신인 나에게 이야기를 들으려고 학생들이 몰려든 것이다.

솔직히 말해, 개인적으로 이 이야기는 별로 좋아하지 않는다.

"일설에 따르면, 압도적인 전력 차이를 뒤집을 수 있었던 것은 신께서 도와주셨기 때문이라고 해요. 이 신의 이름은 『이르타니아』. 즉, 이르타니아라는 나라의 이름은 신에게서 따온 것이라고 할 수 있죠."

"『이르타니아교』의 신화군요!"

"네. 잘 아시는군요."

환한 표정으로 그렇게 말한 여학생을 향해 미소 지었다.

──내가 『이르타니아』의 건국 이야기를 싫어하는 건, 『이르타니아 신화』와 깊이 얽혔기 때문이다.

아니, 나라 이름인 시점에서 떼려야 뗄 수 없다. 공부를 열심히 했다는 평가를 받으려면 이 정도는 알아야 할 것이다.

실제로 훗날 이르타니아가 되는 나라가 치른 싸움은 그야말로 절망적이었다고 한다. 그야말로 신의 도움 없이는 어떻게 할 수 없을 정도로는.

뭐, 역사 따위는── 그것도 신화가 얽힌 건국 설화는 과장이 기본이라고 생각하니까, 얼마나 믿어도 될지 모르겠지만.

"호오, 그렇군. 건국 당시에 이미 신앙이 있었다는 이야기는 흥미로운걸."

"네, 그렇다고 하네요. 이르타니아의 긴 역사를 생각하면, 흥미로운 이야기죠."

"그만큼 이르타니아라는 나라에서, 이르타니아란 신은 중요하다는 거로군."

"네."

게다가 대충 넘어가면 듣는 이야기로선 그럭저럭 재미있기도 하다.

콜레트가 감탄한 듯 고개를 끄덕인다. 처음에 여학생들이 이야기를 들으러 왔을 때는 못마땅한 눈치였지만, 막상 이야기를 시작하자 그럭저럭 흥미가 생긴 듯하다.

하지만 이 방탕 황녀는 가만히 있는 걸 싫어했다.

더는 못 참겠는지 뒤에서 몸을 기대듯 끌어안는다. 슬슬 더워지려는 계절에 이러면 거추장스럽다.

"우후후. 밀레느 님과 콜레트 황녀는 참 사이가 좋으시군요."

그야 실제로 사이가 좋은 편이기는 하지만, 여자 기숙사에서는 '그렇고 그런' 관계도 드물지 않다고 들었다.

오해받기는 싫어서 콜레트를 떼어내려 했지만, 기분이 좋아진 본인은 끌어안은 팔에 더 힘을 줬다.

거참, 짜증 나네……. 힘으로 확 떼어내면 좋겠지만, 남들이 보는 앞에서 그랬다간 인상이 나빠질 테니까 그러고 싶지 않다.

"그렇게 보이느냐. 눈썰미가 좋구나. 으음……."

"사라라고 해요."

"사라인가. 기억해 두지."

나와의——아직까지는——친분을 과시하는 콜레트는 사이가 좋다는 말을 듣고 기분이 좋아졌지만, 나는 눈을 감고 무뚝뚝한 표정을 짓는다.

지금 이대로도 딱히 문제는 없지만, 역시 관계를 의심받는 건 곤란했다.

"어험. 그럼 이만 끝낼까 하는데, 이르타니아에 관한 질문은 없나요? 제가 아는 선에서 답해드릴게요."

그래서 억지로 화제를 돌리기로 했다.

진지한 분위기를 내자, 콜레트는 아쉬운 듯이 떨어졌다. 콜레트는 선을 잘 지키는 사람이라 미워할 수가 없다.

"질문이 하나 있어요."

바로 그때, 한 여학생이 손을 들었다.

"네. 하세요——?"

하지만 바로 그때, 나는 위화감이 들었다.

인맥을 쌓을 목적으로 매일 밤 공부 모임을 여는 만큼, 이 여자 기숙사에서 나는 그럭저럭 사람들을 많이 접하는 편이다.

하지만 질문한 소녀는 익숙하지 않았다. 아니, 어디선가 본 적이 있는 듯한 느낌이 들지만—— 적어도, 같은 반 여자애는 아니었다.

다른 반 학생까지 전부 파악한 건 아니라서 확신은 못 하지만, 이런 애가 있었던가?

"이르타니아의 신화를 이야기하는 데 있어, 빠뜨릴 수 없는 존재가 있을 텐데요? 『스루베리아의 머리칼』에 관해, 이야기해 주시지 않겠어요?"

긴 금발에 가려서 얼굴은 잘 보이지 않았다.

하지만 위화감이 더욱 강해졌다.

『스루베리아의 머리칼』. 확실히 이르타니아의 신화를 이야기하는 데 있어 빠뜨릴 수 없는 존재다.

일설에 따르면—— 이르타니아 건국 전쟁에 『스루베리아의 머리칼』이 참가했으며, 일기당천의 활약을 보였다고 한다.

말할 필요도 없겠지만, 『스루베리아의 머리칼』은 바로 내 머리색을 가리킨다. 자기 자랑을 하는 것 같아서 일부러 이야기하지 않은 것이다.

"네. 이르타니아 신화에서 『스루베리아』라는 꽃과 같은 색깔을 지닌, 적백색 머리카락을 『스루베리아의 머리칼』이라고 부르며 신성시하죠."

"아! 저도 알아요. 『스루베리아의 머리칼』을 지닌 사람은 다양한 재능을 타고 나기 때문에 『신이 총애하는 자』로 불린다면서요?"

"밀레느 님이라면 납득이 돼요! 비할 데 없는 미모와 뛰어난 검술, 무엇보다 강대한 마력을 지니셨으니까요. 신께서도 분명 총애하실 거랍니다."

아니나 다를까, 여학생들이 앞다퉈 그렇게 말했다.

이 분위기가 싫어서 입을 다문 건데. 칭찬을 받아도 기분이 좋지 않고, 자기 입으로 『스루베리아의 머리칼』 이야기를 하면 칭찬을 보챈 것 같으니까 이중으로 최악이다.

이 부분을 정확하게 건드린 것을 보면, 질문한 녀석은 이르타니아 신화에 깊은 조예가 있는 게 틀림없다.

더군다나 이런 식으로 나를 골탕 먹이듯 말한 걸 보면—— 멜리사처럼, 나도 모르는 사이에 저 여학생에게 원한을 산 것일까?

강의를 듣고 있던 멜리사——거리가 더 가까워졌다——를 곁눈질했다.

그러자 고개를 갸웃거렸다. 적어도 멜리사가 손을 쓰지는 않은 것 같았다.

"그래요. 밀레느 님은…… 이르타니아의 보물이에요!"

이것도 괴롭힘이라고 할 수 있겠지만.

정체불명의 학생이 한 말은, 오히려 반대였다. 나를 추앙하는 듯한 감정을 드러낸 것이다.

자리에서 일어선 학생은 금발을 흩날리며, 콜레트를 손가락으로 가리켰다.

"그러니 아무렇지 않게, 그런 식으로 시, 신체 접촉을 하는 건! 도저히 용서받을 수 없는 행동이라고요!"

언성을 높이고, 씩씩거리며 콜레트에게 적의를 드러낸다.

분위기가 급변하자 담화실에 모인 학생들이 술렁거렸다.

도전이라고 할 수 있는 발언에, 오히려 콜레트는 미소를 더 진하게 띤다. 도전자가 있으면 불타오른다. 그런 인간이다.

나를 싫어하는 게 아니라 오히려 그 반대인 듯한 난입자가 등장하는 바람에 성가신 나머지 한숨이 나오려고 한다.

하지만——.

"……?!"

"어……?!"

나와 콜레트는 동시에 표정을 찡그리고 말았다.

콜레트를 손가락질하며 분개한 금발 소녀는 콜레트를 똑바로 바라봤다.

그 바람에, 이제까지 앞으로 내려온 금발에 가려서 보이지 않던 얼굴이 보였다.

고운 얼굴은 또래와 비교해도 어려 보이고, 커다란 눈동자는 귀엽다. 그렇다. 여자애보다 더 여자애 같은 눈이라고 할까.

"어……?! 알…… 우읍?!"

그렇다. 여자애보다 여자애 같다는 말로 알 수 있듯이, 이 정체불명의 학생은 여자애가 아니었다.

콜레트가 무심코 그 이름을 외치려 하자 나는 순식간에 뒤돌아서며 입을 막았다.

"오, 오호호……! 처음 보는 분이군요! 괜찮다면 이 기회에 꼭 친목을 다지고 싶어요!"

"영광이에요! 밀레느 님!"

긴 가발을 쓴 탓에 눈을 반짝이며 주먹을 말아쥔 그 모습은 영락없는 소녀 같았다.

즉, 소녀가 아니다.

내가 아는 사람 중에서 이 나이에 목소리와 모습을 완전히 소녀처럼 꾸밀 수 있는 남자는 딱 한 명뿐이다.

입을 틀어막은 콜레트를 노려보듯, 시선에 메시지를—— 아니 '경고'를 담았다.

『입을 놀리면 어떻게 될지 알지?』

콜레트는 당혹스러워하면서도 고개를 끄덕이며 긍정의 뜻을 드러냈다. 아무리 그래도 이런 일로 장난을 치지는 않을 거라고 믿으며, 나는 콜레트를 놔줬다.

핏대가 드러난 얼굴로 억지 미소를 지으면서—— 나는 『루루』의 손을 잡았다.

"자, 소등 시간이 되려면 아직 멀었잖아요? 저희 방에 가서 이야기를 나누지 않겠어요? 어떤가요, 『루루』?"

"아, 네……?"

『루루』는 힘차게 대답했지만, 본능으로 내 분노를 느꼈는지 목소리가 떨렸다.

"갑작스럽지만, 오늘은 이만 끝내겠어요. 여러분, 안녕히 계세요."

일방적으로 『이르타니아』 강의를 마친 나는 소녀의 팔을 잡아끌면서 담화실을 나섰다.

◆

"야, 인마……. 대체 무슨 짓이야……?!"

방으로 돌아간 나는 긴 금발을 살랑이는 소녀——로 변장한 한 나라의 왕자 앞에서, 노골적으로 화난 목소리로 따졌다.

내가 말할 때마다, 소녀로 착각할 만큼 가녀린 어깨가 떨렸다.

"그, 그게 말이죠, 밀레느 님……."

"이르타니아 왕실에선 중요한 이야기를 할 때는 그딴 가발을 쓰라고 가르치는 거냐?"

머뭇머뭇 입을 연 알베르의 말을 끊고 그렇게 말했다.

축 늘어뜨린 어깨를 움츠린 알베르는 금발 가발을 벗었다.

그러자 여학생 교복을 입은 짧은 금발의—— 역시 여자애 같아 보이는 소년이 모습을 보였다.

"하아……."

내 의지와는 반대로 한숨이 크게 나왔다.

설마, 설마 한 나라의 왕자가 여자로 변장하고 여자 기숙사에 잠입할 줄 누가 예상할까.

솔직히 나 자신도 여자 옷을 입는 건 조금 어색하게 여기는데, 설마 언젠가 나라를 이끌 신분인 사람이 저지를 줄이야.

"뭐냐고 인마. 제정신이냐……. 뭘 어떻게 생각하면 이렇게 되는데……."

이럴 거면 밤에 침실을 덮치는 게 더 낫다. 그때는 뺑 걷어차 주면 될 일이니까.

특수한 성적 취향을 부정할 마음은 없지만, 그 전에 본인의 신분을 이해해 줬으면 한다.

"워워, 자…… 그렇게 화내서야 알베르 왕자도 입을 열기 어렵겠지. 이야기하는 동안만이라도 아량을 베푸는 게 어떻겠느냐?"

콜레트마저도 알베르의 편을 들 정도다.

상냥함보다 황당함이 앞서서 나온 말이겠지만, 콜레트의 말을 듣고서야 나는 자기가 얼마나 화가 난 건지 자각했다.

변명을 요구하면서 압박하는 건 하책 중의 하책이다. 멀쩡한 소리는 들을 수 없고, 오히려 자기 보신을 위해서 거짓말할지도 모른다.

이번에는 몸에서 힘이 쭉 빠지는 것을 느낀 나는 알베르의 대답을 기다렸다.

"저기, 그게, 말이죠…….."

이 상황에서 머뭇거리는 모습을 보고 또 짜증이 치밀었지만, 분노로 냉정한 판단력을 잃지 말라고 나 자신을 타일렀다.

그리고 시간을 듬뿍 들인 후, 알베르가 입을 열었다.

"거, 걱정됐단 말이에요! 이대로 가다간 콜레트 황녀에게 자꾸 뒤처지고 말 것 같아서요!"

"아앙?"

그리고 알베르가 한 설명은, 간단히 말해서 나를 콜레트에게 빼앗기고 말지도 모른다는 말이었다.

이번에는 어이가 없어서 몸에서 힘이 쭉 빠졌다.

그렇다고 여장을 하고 여자 기숙사에 잠입해? 이해가 안 되는 일에 직면하면, 사람은 머릿속이 멈추는 듯하다.

바보다. 바보라고는 생각했지만, 설마 이 정도로 초특급 바보일 줄이야.

"호오…… 즉, 나와 대적하려고 한 것이냐. 근성이 있구나."

하지만 그런 바보가 한 명이 아니라서 골치가 아프다.

콜레트도 목적을 위해 수단을 가리지 않는 성격이며, 나아가 재미있으면 뭐든 괜찮다고 여기는 쾌락주의자의 일면도 있다.

만족감이 어린 그 눈동자는 마치 호적수를 찾은 것만 같았다.

이런 흉측한 짓거리까지 벌이게 한 숙적이 도발하듯 말하자 알베르의 어깨가 부르르 떨렸다.

"저는, 물러설 수 없어요."

눈에 결의를 담아서 고개를 드는 알베르.

결의가 느껴지는 『사나이』의 눈을 보고, 무심코 되물었다.

"물러설 수 없는 이유가 있어요……! 써먹을 수 있는 카드는 뭐든 쓰라고 저한테 가르쳐 준 사람은 다름 아닌 밀레느 님이잖아요~!!"

괜히 물어봤다고 후회했다.

"음~! 될 대로 되라는 행동이었나! 내가 말하긴 좀 그렇지만, 앞날이 걱정되는구나!"

"이르타니아의 장래가 말인가요? 아니면 이 왕자님의 머리가 말인가요?"

뻔뻔하게 구는 알베르를 본 콜레트가 유쾌하게 웃었다.

나는 웃을 상황이 아니었다. 원망하는 마음을 담아서, 존댓말로 그 말뜻을 물었다.

"둘 다!"

콜레트는 힘차게 대답했다. 나는 손가락으로 미간을 누르면서 저주를 토하듯 중얼거렸다.

"동감이야……."

오랜만에 머리가 지끈거렸다. 아니지, 어찌 보면 내 가르침에 충실히 따랐다고 할 수 있을 것이다. 이 학교에서 완벽한 여장이란 『카드』를 지닌 사람은 알베르밖에 없을 것이다. 그래서 이렇게까지── 내 방까지 아무에게도 의심받지 않고 잠입한다는 위업을 이뤄냈다.

하지만 너무 바보 같다.

"하지만! 그 기개는 멋지구나! 반드시 손에 넣고 말겠다. 적에게 절대로 넘겨주지 않겠다는 근성은 마음에 든다!"

알베르만이 아니다. 콜레트도 똑같다.

"하아……."

나는 머리를 감싸 쥐며 땅이 꺼지게 한숨을 쉬었다.

솔직히 어처구니가 없다. 그렇지만── 아무래도 진짜로 내가 이 녀석의 근성을 뜯어고쳐야 할 것 같다.

콜레트도 어떻게 하고 싶지만, 이쪽은 신분이 있어서 그만큼 뿌리가 깊다.

그러니 우선은──.

"잘 들어, 알베르."

"네, 네헷?!"

나는 칼날 같은 시선으로 노려보면서, 알베르의 머리를 움켜잡았다.

"너는 내일부터, 차라리 여기서 죽는 게 나았다는 생각이 들 정도로 굴려 주마."

"네에엣~?! 지금은 약삭빠른 제 방식을 칭찬해 주셔야 하지 않나요?!"

──우선은, 알베르부터.

이 녀석도 나름 꿋꿋하게 성장하는 것 같지만, 최소한의 윤리관을 익히지 않으면 곤란하다.

아니, 한 나라를 이끄는 신분이다. 뭐든 써먹겠다는 자세는 매우 높이 평가할 수 있다. 하지만 그만큼 주위에서 얕보이지 않게 기품이 있어야 한다.

예를 들면── 완벽한 기습으로 나라를 무너뜨린 그 여제처럼. 뭐, 그 수준을 요구하는 건 너무할지도 모르지만.

말은 그래도, 당연히 알베르도 본인만의 장점이 있다. '나쁜 여자'에게 속지만 않는다면 국민과 가까운, 호감을 사는 왕이 되겠지.

하지만 앞으로는 그것만으로 부족할 것이다. 그러니 내가 다시 단련해 주겠다. 최소한, 고향이 온전할 정도로는.

"하, 하지만 밀레느 님께서 특별히 신경을 써 주신다면, 그것도 나름 괜찮을지도……."

뭐, 지금은 그냥 변태지만.

여장 취미까지는 개인적으로 즐기면 괜찮다고 보지만, 그렇다고 여자 기숙사에 잠입한 것은 넘어갈 수 없다. 명색이 왕자니까 사회적 지위를 좀 소중히 여기란 말이다.

"아무튼, 기대하라고."

"네!"

그 이전에, 비아냥 정도는 똑바로 받아들였으면 좋겠는데.

머리가 나쁘지는 않을 텐데도, 내가 얽힌 일이면 이 녀석은 바보가 된다.

사랑은 사람의 눈을 멀게 한다……는 것도, 내가 생각하면 참 바보 같다. 이 녀석의 감정은 사랑과 좀 다른 느낌이 든다.

"쳇. 됐어. 순회하는 사람한테 들키면 일이 커질 거야. 얼른 가발을 쓰고 돌아가."

"알겠습니다! 내일 또 뵐게요!"

다시 가발을 쓴 알베르는 영락없이 여자애 같아 보였다.

유심히 보니 화장도 살짝 한 것 같은데── 그걸 눈치챈 것은 알베르가 돌아설 때였다.

깊이 고개를 숙인 후, 알베르는 주저 없이 문을 열었다.

소녀로만 보이는 소년은 당당히 여자 기숙사에 침입했고, 당당히 남자 기숙사로 돌아가겠지. 어디서 여자로 변장했는지 궁금해지는걸. 아니, 그 이전에 교복은 어디서 구한 걸까.

세상에는 모르는 게 약인 일도 있다. 그렇게 생각하고, 더는 생각하지 않기로 했다.

"흐음."

"왜 그래?"

문을 닫고 다시 정적이 찾아오자, 나를 응시하던 콜레트가 신음을 흘렸다.

"아니, 너답지 않게 꽤 상냥한 처우 같아서 말이다. 알베르 왕자에게, 특별한 벌이란 포상이나 다름없을 것 같다만──."

순수한 의문과 납득이 안 된다는 감정이 반반씩 섞인 표정을 지은 콜레트가 그렇게 말하며 코웃음을 쳤다.

여자 기숙사에 침입한 것치고는 처분이 가볍다──는 뜻은 아닌 것 같다.

이건 원래라면 벌을 받아 마땅한 알베르가 오히려 '득'을 봤다는 사실에 질투하는 표정일까.

"부러워하시는 건가요?"

그러나 나는 볼을 부풀린 콜레트에게 미소를 짓고 되물었다.

일부러 바꾼 말투와 가짜 미소를 본 콜레트는 표정을 굳힌다.

"아, 아니, 내가 잘못 생각했다."

알면 됐다. 코웃음을 치고, 나는 잠자리에 들 준비를 했다.

슬슬 소등 시간이 다 됐다. 사감이 돌아보러 오기 전에 잠자리에 들 준비를 마치고 싶다.

정말, 이놈이나 저놈이나 쓸데없는 생각이나 한다. 덕분에 매일같이 수면 부족에 시달렸다.

"그만 잘래. 옷 갈아입었으면 불 꺼."

"알았다. 잘 자라, 밀레느."

뒤에서 콜레트의 인사를 듣고 모포를 뒤집어썼다.

이런 일은 용병 시절에 없었다며, 나는 입꼬리를 실룩거렸다.

제8화 제전(祭典)

"주, 죽겠어……. 죽겠다고요……."

오후 수업을 앞둔 점심시간.

반주검이 되어 책상에 엎드린 알베르가 신음했다.

그 모습은 그야말로 처참하다. 팔을 모을 여유도 없어서 얼굴을 책상에 그대로 올려둔 모습은 좀비보다도 기운이 없어 보일 정도다.

"하하하. 고작 한차례 밀회의 대가가 이래서야. 비싼 값을 치렀구나, 알베르 왕자!"

녹초가 된 이유는 물론 그날 밤, 여자 기숙사 침입의 대가다.

우리는 주로 방과 후에 단련하고, 점심에도 시간이 생기면 가볍게 운동을 하며 지내는데, 그날 밤 이후로 알베르를 위한 특별 메뉴를 새벽 단련으로 추가했다.

항상 마력을 두르는 『장거리 달리기』 훈련 중에 추가로 단거리 달리기 훈련을 병행하는 듯한 그 혹독한 메뉴를, 알베르는 매일같이 필사적으로 소화하고 있다.

"무, 무슨 말씀을……. 밀레느 님과의 시간이 늘어났다고 생각하면, 이것쯤은……."

그 덕분에 요 며칠 동안 알베르의 근성은 급속도로 성장하고 있었다.

원래 고집이 센 녀석인 만큼 소질이 있었을 것이다. 빈사 상태로도 콜레트의 야유를 맞받아칠 근성이 몸에 밴 것은 뜻밖의 수확이다.

그것도 방향성이 약간 어긋난 것 같지만, 이런 때 배부른 소리는 할 수 없겠지. 무리한 단련에 매달리는 만큼, 실력도 눈에 띄게 성장하는 것에는 솔직히 감탄했다.

그래도 전장에 나서면 안 되는 왕자가 전투 기술을 바득바득 단련해도 되는지 싶지만—— 굴릴수록 성장했다. 그런 알베르를 보며 나는 즐거움을 느꼈다.

그렇기에 여러모로 지나쳤을지도 모른다. 지난 생에서도 내 전투 기술을 배우고 싶어 한 녀석이 있었지만, 하나같이 근성이 없었다. 『짐승』의 검술에는 좌우지간 신체 능력이 중요하기 때문에 기초부터 때려 박았는데, 도중에 '결국 기술을 가르쳐 줄 마음이 없다'며 관뒀다—— 이런 푸념은 아무래도 상관없나.

아무튼. 그런 경험도 있어서 불평 한마디 없이 우직하게 달라붙는 알베르 같은 녀석에게는 호감이 가는 것이다.

"알베르 님……. 밀레느가 괴롭히는 건가요……?"

멜리사가 미심쩍은 눈으로 본다.

남들 눈에 괴롭힘처럼 보인다면, 전에 가르침을 청했던 녀석들과 똑같이 느꼈을지도 모른다.

이제는 거리를 벌렸다고 말할 수도 없는 수준이지만, 아직 나를 신용할 수 없는지 직접 대화하려고는 하지 않는다.

"오해하지 마세요. 밀레느 님은 제 부탁을 들어주시려고 귀중한 시간을 나눠주시는 거예요."

하지만 그런 멜리사의 적의가 마음에 들지 않는지, 알베르는 강렬한 눈길로 그 말을 부정했다.

약간 부끄러우면서도 기쁜 건, 그 마음을 조금은 이해하기 때문이다.

"괜찮아요……. 저는 전혀 아랑곳하지 않는답니다."

"좀, 말이 심했던 것 같아요……. 죄송해요."

게다가 멜리사가 진심으로 나를 혐오하지 않는다는 것 또한 알 수 있었다.

멜리사는 어디까지나 나를 『적』으로 여기는 태도를 보였는데, 요즘 들어서는 그게 없어졌다.

그래서 이렇게 그런 태도를 지적받으면 사과하기도 하며, 최소한의 대화에도 낀다.

"기왕이면 같이 대화할 수 있으면 좋겠는데요."

"그건, 아직 조금, 어려워."

끝까지 넘을 수 없는 선이 있단 점은 여전해 보이지만.

아마 그 선이야말로 내가 모르는 『무언가』일 것이다. 직감적으로 어렴풋이 느꼈다.

"강요하는 건 아니에요. 내킬 때 이야기해 주세요."

"응……."

게다가 멜리사가 조금 어렵다고 한 것도 거짓말이 아닌 듯하다.

참 멀리도 돌아왔다. 다가가면 도망치니까 상대가 다가올 때까지 기다릴 수밖에 없다고 하는, 정말이지 야생의 작은 동물을 길들이는 듯한 노력이었다.

아직 완수하지는 못했다고는 하나, 조금은 감개무량하다.

"여러분, 자리에 앉으세요."

멜리사와의 만남을 회상하고 있을 때, 담임 교사가 왔다.

오늘 오후 수업은 산학(算學)이다. 귀족이란 돈을 세는 게 일이나 다름없는 만큼, 산학은 이 학교에서도 중요한 수업 중 하나일 것이다.

뭐, 나도 이 수업은 돈을 셀 때나 써먹겠다고 생각하지만.

"그럼 이제부터 오후 산학 수업을 시작하겠습니다. 그 전에 여러분에게 알려드릴 게 있습니다."

서둘러 자리에 앉는 학생들을 본 담임 교사는 만족한 듯이 고개를 끄덕이며 수업을 시작한다── 이제까지는 그랬다.

하지만 오늘은 조금 다른 분위기다. 담임이 그렇게 말하자 학생들이 갑자기 술렁거렸다.

"이미 아는 사람도 있겠지만── 오늘부터 한 달 뒤, 이 제르포아 마법학원에서는 산학 수업의 일환으로 『지현제(至賢祭)』를 개최합니다. 따라서 오늘부터 그 준비를 서서히 진행하려고 합니다."

행실이 바른 귀족 아가씨와 도련님들이 조용해진 가운데, 담임은 태연한 척 말을 잇는다.

하지만 얼굴에는 학생들이 기뻐할 거라는 믿음이 가득하다.

지현제. 행사 예정에 있어서 이름은 알지만, 대체 무슨 행사였더라.

　그건 이제부터 설명해 주겠지. 나는 다른 학생들처럼 담임의 설명을 기다리기로 했다.

　"지현제는 우리 학교의 전통 행사이며, 주로 영주와 사업주로 활약하게 될 여러분의 장래를 대비해 지금부터 상업 활동을 체험하게 하자는 취지로 열립니다. 학급 구성원 모두가 무엇을 할지 논의한 후, 계획을 세워서 운영합시다. 당일에는 교대로 가게를 운영하면서, 다른 반의 가게도 이용해 봐요. 그리고 매출과 방문객 등의 다양한 관점에서 표창이 이뤄집니다. 발상과 계획, 노력과 성과. 그것이 지현제란 축제죠!"

　담임이 말하는 『지현제』. 그것은 학급별로 가게를 운영하고, 가게 사람과 손님이 되어 보는 행사다.

　속으로 감탄한다. 제법 재미있어 보이는 행사다.

　요컨대 돈의 흐름, 어떤 것이 돈이 되는지를 젊은 나이에 시험해 보라는 놀이인 거겠지.

　연대감을 부추기고, 표창이라는 형태로 우열을 다투게 함으로써 오락성을 강조해 놀면서도 실천적인 상업을 배운다──.

　나는 귀족 학교의 지식을 찾아서 여기 왔지만, 개중에는 공부와 변함없는 하루하루에 질리는 녀석도 있다. 이것은 그 기분 전환도 겸할 것이다.

　애들보다 풍파에 찌든 나도 재미있다고 생각한다. 그러니 이 또래 꼬마들이라면──.

"오오오! 재미있겠네!"

"실제로 가게를 운영해 보는 시도라니, 멋져요!"

"조용히 하세요! 어험. 이건 산학의 일환으로 치르는 행사입니다. 너무 긴장을 풀지는 마세요!"

당연히 신나서 죽으려고 하겠지.

담임은 어수선한 분위기를 수습하려고 하지만, 진심으로 정숙하게 하려는 건 아니다. 학생들이 기뻐할 것은 예상했을 테니까, 반응 자체를 즐기는 기색도 보인다.

"오늘 산학 수업은 지현제 때 뭘 할지 정하는 시간으로 삼겠어요. 여러분끼리 뭐가 좋을지 의논해 보세요!"

더군다나 지루한 수업이 축제 준비 시간으로 바뀌었다. 이런데도 조용히 있을 리가 없다.

"옷가게는 어때?! 좋은 옷감을 파는 곳을 알아!"

"보석 장신구가 더 좋지 않을까요? 최고의 장인을 불러서, 멋진 작품을 만들어요!"

교실이 단숨에 불이 붙은 것처럼 시끌벅적해진다.

담임 교사는 말로는 제지하면서도, 튀어나오는 의견을 하나하나 칠판에 적었다.

참 대단하다. 이렇게 소란스러운 와중에 용케도 중요한 정보를 수집해서 쓸 수가 있구나.

"하하하! 실제로 장사를 체험하다니, 참으로 재미있는 일을 생각하는구나!"

"그러네요. 실제로 가게를 경영해 본다면 저희에게 참으로 귀중한 기회가 될지도 몰라요."

콜레트와 알베르는 감탄한 듯한 숨소리를 낸다. 소음에 묻혀서 그 말은 근처에 있는 나를 비롯해 몇몇 사람에게만 들렸다.

콜레트와 알베르 같은 왕족은 장사를 생각하거나 운영할 기회가 없을 테지만. 그래서 여흥으로서의 매력을 느끼는 듯하다.

"재미있을 것 같아요, 밀레느 님!"

그건 그렇고—— 나오는 의견은 죄다 귀족다운 느낌이다.

그것도 나쁘지는 않지만, 내 생각으로 옷이나 보석 장신구는 별로 좋지 않다.

나도 장사를 잘 아는 편이 아니라서 자신만만하게 말할 수는 없지만, 이 『지현제』에서 좋은 물건이 잘 팔린다고 단정할 수는 없다.

왜냐하면, 어디까지나 손님은 우리 같은 『귀족 자녀』이기 때문이다.

즉, 돈을 가진 녀석은 적다. 아무리 좋은 물건을 팔아도 돈이 없으면 살 수 없는 법이다.

귀족의 자식이라도, 부모의 재력을 이용할 수는 없다. 애초에 귀족이 전부 유복한 것은 아니다. 왕족이 있는가 하면, 몰락 직전인 가문도 있다. 그것이 이 제르포아 마술학원이란 공간이다.

게다가 축제라는 분위기를 생각하면 이것저것 다 가지고 싶어질 게 뻔하다. 가 보고 싶은 가게가 여러 곳이면, 한 군데에서 돈을 탕진하리라고 보긴 어려우리라.

입을 가리듯 손을 댄 채, 중얼중얼 혼잣말하며 생각에 빠진다.

장사꾼은 아니지만, 이런 생각을 하는 건 재미있다.

지금도 회의에서는 『최고의 상품』을 중시하고 있지만, 내 생각으로 『지현제』에서 이길 방법은——.

"밀레느 님!"

"밀레느!"

"어?"

어느새 생각에 몰두했던 것 같다.

알베르와 콜레트가 큰 소리로 내 이름을 부르자, 손바닥으로 가리고 있던 얼빠진 얼굴을 드러내고 말았다.

"무, 무슨 일이시죠?"

당황한 나머지 본성이 튀어나올 뻔했지만, 어찌어찌 웃음을 띠었다.

알베르는 난감한 듯이 미소를 지었고, 콜레트는 어이없다는 기색으로 코웃음을 쳤다. 아무래도 몇 번이나 나를 불렀던 것 같다. 명백한 실수였다.

"하아—— 별일도 다 있군. 생각에 깊이 잠긴 눈치구나."

"괜찮다면 무슨 생각을 하신 건지 말해 주셨으면 해요!"

생각에 잠긴 내 모습을 보고 말을 건 것일까.

정신을 차리고 보니 왕족 두 사람의 목소리에 교실 안의 시선이 나에게 모여 있었고, 다들 마른침을 삼키며 나를 응시하고 있었다.

이것참 곤란한걸…….

나이 들어서 꼬마들의 축제에 참견하는 건 좀 그럴 것 같아서, 입을 다물고 있을 생각이었다.

하지만 왕족들에게 질문을 받고서 굳이 사양하는 것 또한 결례다.

이럴 때는 대외적인 면을 중시한 것이 역효과로 작용한다.

"그렇게 기대를 모을 만한 생각은 아닌데요……?"

"괜찮다! 밀레느의 생각을 꼭 들어보고 싶구나!"

넌지시 사양했지만, 콜레트는 몸을 쑥 내밀며 그렇게 말했다.

놓치지 않겠다는 의사 표명 같다. 궁금한 게 있으면 물어봐야 직성이 풀린다. 이 녀석은 그런 애다.

알베르도 끄덕끄덕 고개를 움직인다. 이쪽도 평소 떠벌이는 충성보다도 흥미가 더 큰 것 같았다. 아니, 어쩌면 나를 큰 무대에 세우려는 생각일까. 이런 꼬마들 장난에서 명성을 얻을 리도 없는데 말이다.

"그렇다면 외람되지만 제 생각을 말씀드리겠어요."

뭐, 이렇게 되면 어쩔 수 없다. 게다가 나는 내 분석이 얼마나 먹힐지 좀 흥미가 있기도 했다.

최대한 거창하게 들리도록, 잔뜩 뜸을 들인 후에 이야기를 시작했다.

내가 생각하기로——.

"제 생각에 『지현제』에서 좋은 성적을 내려면——."

이 『지현제』에서 이기는 법은 바로—— 한정된 파이를 두고 다투지 않는 것이다.

귀족 꼬마가 모여도 꼬마는 꼬마다. 돈이 무한정 있을 리는 없겠지.

그러므로 학급의 아이들이 생각하는 것처럼 『최고의 상품』을 제공하려 한다면, 지갑 안의 돈을 차지하려고 다른 반과 다투게 된다.

그렇다면 헐값에 제공하는 편이 유리하다. 하지만 뭔가를 만들어서 제공하려 한다면, 싸구려 느낌이 나서 큰 이득을 거두지 못할 것이다. 그렇다면 어떻게 하면 좋을까.

"상품이 아니라 『체험』을 제공하는 게 어떨까 싶군요."

"호오! 상품을 파는 게 아니라 체험을 파는 건가. 구체적으로 어떤 가게를 말하는 거지?"

떠보는 듯이 말하는 콜레트. 하지만 그 입꼬리는 미지에 대한 흥미로 올라가 있었다.

그것은 즉, 이 자리에서 가장 발언력이 강한 인물이 흥미를 보인다는 뜻이다. 이러면 편해서 좋다.

"그날—— 지현제 당일에만 할 수 있는 체험을 제공하는 가게인 거죠. 더 뜸을 들여도 소용없겠군요. 제가 이 지현제에서 할 가게로 제안하고 싶은 건 『카페』랍니다!"

"카페? 그게 뭐지?"

"차와 과자를 제공하는 가게예요, 콜레트 황녀."

"그럼 찻집 같은 건가. 확실히 음식점은 맹점이었지만……그건 너무 수수하지 않을까?"

콜레트는 내 제안을 듣고 노골적으로 실망한 표정을 지었다.

뭐, 그렇게 뜸을 들여놓고 찻집을 하자는 말을 했으니 콜레트가 김빠지는 것도 무리는 아니다.

"티타임 정도는 이 자리에 있는 이들 대부분이 즐기고 있을 텐데? 휴일에 주방장에게 차와 과자를 대령하게 하는 자도 적지 않을 거다. 전문점이라고는 해도, 그게 특별한 체험이 될 것 같지는 않구나."

"후후. 특별한 체험이 된답니다, 콜레트 황녀."

그야 이 학교에 다니는 사람은 전부 귀족 자녀다. 티타임은 다들 즐기며, 집을 떠나 기숙사에서 생활하더라도 그것은 여전히 일상의 일부에 지나지 않았다.

더군다나 차와 과자를 준비하는 이 학원 주방장은 일류 중의 일류다. 그 맛에 길들여진 귀족 꼬마들을 만족시키는 것은 좀처럼 쉬운 일이 아니다.

이것이 바로 가게 종류가 한정되는 이유다. 평소 좋은 음식과 좋은 물건에 익숙한 귀족 꼬마들을 상대로 장사를 하려면, 그보다 더 좋거나 혹은 완전히 새로운 체험을 제공해서 흥미를 끌어야만 한다.

결국 웬만한 것은 싸구려 취급이나 받게 된다. 먹거리나 연극도 수준 높은 것에 익숙한 녀석을 상대로 장사하려면, '그럭저럭 좋으면서 여기밖에 없는 것'으로 도전하는 게 제일이다. 그렇기에 이 『지현제』의 가게는 편중될 것으로 예상한다.

그렇다면 찻집은 하책 중의 하책이겠지. 평소 좋은 것을 먹는 귀족 자녀를 상대로 먹거리 장사를 하는 건 불리하다.

그러므로 『체험』을 파는 것이다.

"제가 제안하는 건 평범한 음식점이 아니랍니다. 제공하는 건 한껏 귀여운 옷 혹은 한껏 멋진 옷을 입고 접객하는 새로운 시대의 『서비스』죠!"

그렇다. 그것이야말로 단순히 '차를 즐기는' 가게가 아닌 '카페' 형태인 것이다.

"서비스를 제공해……?!"

"네. 조금 상스럽지만, 미남 미녀에게 대접을 받으면 기분이 나쁘지 않은 법이죠. 평소 볼 수 없는 참신한 옷을 입은 신사 숙녀가 공손히 접대하는 것은 분명 귀중한 체험이 될 거예요."

나는 자신만만하게 이야기하지만── 당연히 이런 장난을 내가 생각한 건 아니다.

방금 상스럽다고 말한 것처럼, 이건 이르타니아의 질서가 흐트러지기 시작했을 즈음에 생겨난 가게에서 제공하던 서비스다.

요컨대 얼굴이 반반한 여자들이 야한 옷을 입고 접객하는 서비스인데, 매우 유행했던 것으로 기억한다.

딱 한 번, 아단을 따라서 가 본 적이 있다. 그때는 아내도 있는 녀석이 왜 일부러 여자를 보러 가냐고 생각했지만── 그런 형태의 장사 자체에는 감탄했다.

식사와 음료의 맛은 별로인데 매일 손님으로 가득 찰 만큼 인기가 있었다. 그때 간 가게가 어쩌다가 맛없는 곳이었을지도 모르지만, 그래도 매일 만원일 정도로 손님이 많았다.

그리고 깨달았다. 이 손님 중에 차를 홀짝이러 온 녀석은 한 명도 없다. 음흉하게 웃는 절친을 비롯해 이 자리에 있는 모두가, 『의상』을 입은 웨이트리스를 보러온 것이다.

따지고 보면, 연극을 보러 온 것에 가깝다. 입장권 대신, 맛도 없는데 비싸기만 한 차와 과자를 주문하는 것이다.

이윽고 『카페』는 의상과 접객에 따라 세분화됐으며, 내란 전에는 메이드——치고는 치마가 짧은——옷을 입은 웨이트리스에게 주인으로서 접객을 받는 『메이드 카페』가 유행했는데, 일단 그 이야기는 넘어가겠다.

"그러니 차와 과자의 맛은 중요하지 않답니다. 지금 그 어디에도 존재하지 않는 체험, 그것이 바로 『카페』의 본질이니까요."

그런 서비스를 하려면 점원의 얼굴이 반반해야겠지만, 다행히 이 학교에 다니는 자들은 외모가 좋은 인간끼리 뭉쳐서 만들어진 계보가 있는 귀족 나리들이다. 그건 문제될 게 없다.

메이드를 외모로 뽑는 괴짜 당주가 있는 가문도——드물지는 않겠지만, 환경이 좋은 자의 표정에는 자신감 같은 것이 깃드는 법이다. 그들은 그것을 기품이라고 부르지만——그런 분위기를 지닌 사람에게 접객을 받는 것 또한 각별한 체험일 것이다.

"체험을 판다는 건 그런 의미인가."

콜레트는 숨을 훅 내쉬고 생각에 잠겼다.

자, 내가 쥔 카드는 이건데, 마지막 난관을 돌파할 수 있을까.

이 가게에는 한 가지 결점이 있다. 그것은 귀족 아가씨와 도련님이 손님을 접객하는 서비스를 할 수 있느냐다.

귀족으로서는 어중간해도 자존심 하나는 어엿한 녀석이 많다. 그런 인간들이 접객할 수 있는지가 문제지만, 그 문제를 간단히 해결할 방법이 딱 하나 있다.

"그래. 음식점의 형태를 지니면서 그 실태는 연극에 가까운 거군! 분명 그것은 단 하루만의 특별한 체험이 되겠지!"

그것은 바로 권력자의 말이다.

귀족은 상하관계를 중시한다. 이 대륙 최강대국인 코르온의 황녀가 재미있다고 말한 것이다. 다른 자들도 재미있게 받아들여야만 한다.

학교에 다니는 동안에는 수평적인 관계로 지내지만, 코르온 황녀와의 인맥은 그 어떤 귀족이라도 군침이 돌 만큼 탐나는 것이다. 조금만 머리가 돌아가도, 심기를 해치지 않을 것이다.

이 자리에서 콜레트의 말에 반박할 수 있는 사람은 알베르 정도지만――.

"역시 밀레느 님이세요……! 음식물이 주가 아니라 그것을 제공하는 방법에 가치를 두다니, 정말 감복했어요……!"

어지간히 이상한 소리를 하지 않는 한, 알베르가 내 의견에 이의를 제기할 리가 없다. 장래를 생각하면 내 말에 무조건 따르기만 해도 곤란하지만…… 이 장사의 본질을 꿰뚫어 보고 있는 것을 보면, 아무 생각도 없는 눈치는 아니니까 좋게 넘어가기로 할까.

"그렇게 하면 차와 과자의 재료비가 크게 부담되지 않을 테고, 요리사를 고용할 필요도 없답니다. 『의상』에는 힘을 실을 필요가 있지만, 그것도 인원수만큼 만들 필요는 없고, 소모품도 아니죠. 보석이나 옷을 파는 것보다는 준비에 필요한 금액도 적을 거예요."

이제는 『지현제』 의견으로 밀어붙일 뿐이다.

승리는 우수함의 증명이다. 기왕 할 거라면 이기고 싶은 사람이 많을 것이다.

"설마 거기까지 생각했을 줄이야……!"

"참 다재다능한 분이세요……."

콜레트와 알베르가 내 생각대로 지지해 준 덕분에 학급에서는 내 의견에 반대하는 사람이 없었다.

애들 장난이라고 여겼지만, 그래도 내 생각대로 일이 풀리니 기분이 나쁘지 않았다.

"그럼 다들 제 의견을 지지해 주실 건가요?"

"물론이죠!"

"꼭 그러겠어요!"

의견을 묻는 형식을 취하면서도, 정숙함 속에 반대를 허락하지 않는 단호한 어조로 확인했다.

담임 교사에게 미소를 짓자, 멍하니 있던 교사는 입을 다물며 헛기침을 했다.

"그, 그럼 봉황반은 『카페』로 정한 거군요. 이렇게 매끄럽게 가게가 결정된 건 처음이에요."

자존심이 강한 귀족 자녀가 다니는 학교인 만큼, 평소에는 가게를 정하는 데 시간이 걸릴 것이다.

그것을 마무리한 것이 평소 잘 처신한 결과라고 생각하니, 그럭저럭 기분이 좋다.

"으음……. 남은 시간에 뭘 할까요. 자습을 하기에도 어중간한 시간인데——."

"그럼 역할을 정하는 건 어떨까요?"

"아, 좋은 생각이군요. 그럼 다 같이 의논해 보죠."

조심스럽게 시계를 보는 교사에게 미소를 지으면서 진행을 촉구한다.

이제는 스리슬쩍 괜찮은 포지션만 차지하면 완벽하다.

"잠시 괜찮을까요? 저, 실은 요리를 해 본 경험이 있답니다. 외람되지만, 과자 만들기를 담당하고 싶습니다만……."

노리는 것은 바로 과자를 만드는 역할이다.

차와 함께 즐기는 과자의 정석은 『배넉』이다. 반죽해서 굽기만 하면 되는 간단한 빵이며, 대량으로 만든 후에 잼이라도 곁들여서 내놓으면 어엿한 『티타임』용 과자가 된다.

잼은 만들어도 되지만, 보존성이 좋은 만큼 근처 가게에서 사들여도 된다. 조금만 일하면 느긋하게 놀 수 있는 셈이다.

귀족 아가씨, 도련님은 요리 같은 걸 해 본 적이 있을 리 없다. 접객도 그렇겠지만, 그건 집에서 고용한 하인이라는 본보기가 있다. 주방에 가서 요리하는 모습을 관찰하는 괴짜는 많지 않을 것이다. 그렇게 잘 모르는 일을 하려고 들진 않을 터.

이렇게 말을 먼저 꺼낸 사람이면서 편하고 좋은 자리까지 차지——할, 생각이었는데…….

"음? 밀레느, 무슨 소리를 하는 것이냐. 이 『카페』는 아리따운 점원—— 아름다움이 가장 중요할 텐데? 그렇다면 주역을 맡을 사람은 너뿐이지 않느냐."

딱 하나, 오산이 있었다. 그것은 방금 이용한 콜레트의 발언력이다.

"네……?!"

뜻밖의 기습에, 나는 그대로 굳어버렸다.

대뜸 무슨 소리를 하느냐고 생각했을 때는 이미 늦었다. 콜레트의 발언은 결정 사항이라고 해도 과언이 아니다.

"과자 같은 건 아무나 만들 수 있지. 적재적소, 특정 분야에서 가장 뛰어난 인재에게 아무나 해도 되는 일을 맡기는 건 어리석은 짓이다. 무엇보다, 귀여운 옷을 입은 너를 보고 싶구나!"

게다가 이 자리에서는 지배자나 다름없는 콜레트의 감각이 현실과 동떨어지는 바람에 문제가 되었다.

요리사가 방금 말을 들었다면, 화내지는 않더라도 발끈했을 것이다. 요리 또한 어엿한 기술, 어엿한 일이다. 하지만 콜레트는 그런 데 관심이 없다. 요리는 남이 만들어서 제공해 주는 것에 지나지 않는다.

"하, 하지만……!"

다른 사람에게 도움을 청하려고 주위를 둘러봤지만—— 급우들은 콜레트의 말에 고개를 끄덕이고 있었다.

이 얼간이들이──!

"확실히 아름다움에 있어서는 밀레느 양은 독보적이지."

"이렇게 혁신적인 가게의 주역을 맡게 되다니, 참 부러워요. 그래도 밀레느 님이 맡으신다면 이해가 된답니다."

"제안하신 분이기도 하니까요. 역시 밀레느 님이 주역을 맡아야 한다고 생각한답니다."

나는 이를 갈았지만, 방금 콜레트가 강하게 흥미를 보인 시점에서 접객 역할이야말로 이 가게의 『메인』이다.

더군다나 절대자의 직접 지명을 걷어찰 수도 없다.

한 명을 제외하고는──!

"아, 알베르 왕자님……!"

저 녀석이라면, 내 의도도 이해했을 것이다──!

내 본성을 아는 알베르라면, 내가 일부러 이 역할을 피한 것임을 이해할 것이다!

더는 방법을 가릴 때가 아니다. 빨리 반대하라는 의미가 담긴 강렬한 시선을 보냈다……!

"……! 밀레느 님께서── 아, 아뇨…… 저도 밀레느 님이야말로 주역에 걸맞다고 생각해요……!"

알면서도 배신할 줄은 몰랐지만……!

갈등하면서 표정을 연신 바꾼 다음, 알베르는 콜레트에게 동조하는 형태로 이 자리에서의 최종 결정권을 행사했다.

장난하냐? 익숙해졌다고 해도, 여자 옷에 거부감이 없어진 건 아니라고. 그런데 『카페』 의상을 입으라고?

"크……윽……!"

지금이라면, 차분한 의상을 주문하는 것도 가능하다. 수위를 아는 건 나뿐이다. 미래에서 성공을 거뒀던 그 의상보다, 얌전하고 수위가 낮은 디자인을 고르면 된다.

하지만 그래선 성공할 거란 보장이 없다.

이렇게 큰소리를 떵떵 쳤으니까, 실패하면 부끄러워서 고개를 들고 다니지 못할 것이다.

"알았어요. 정 그러시다면 거절할 수 없겠군요."

생각하기에 따라선, 딱히 닮은 것도 아니다. 확실히 성공하고자 손에 쥔 카드를 써먹으려는 것뿐이다.

"하지만 혼자서는 불안할 것 같군요. 콜레트 황녀, 알베르 왕자, 같이 접객을 맡아 주시겠어요?"

하지만 혼자 죽지는 않겠다. 너희도 길동무다.

원래 왕족에게 접객을 시키는 건 단두대 감이지만, 어차피 이건 여흥이다. 친구에게 부탁을 받아서 놀이를 즐기는 것 정도는 해 주겠지.

"오냐! 당연히 나도 할 생각이었다!"

"미, 밀레느 님을 도울 수 있다면 영광이에요……!"

콜레트는, 어쩔 수 없다. 본인은 자신감이 강해서 대미지가 없겠지만, 이번에는 내가 이용해 먹은 감도 있다. 그 대가를, 콜레트의 소망을 들어주는 형식으로 치렀다고 여기면 된다.

하지만 위급한 상황에서 나를 배신한 알베르는 용서 못 한다. 네놈만큼은 지옥에 같이 떨어져 줘야겠다.

내 꿍꿍이를 알베르가 알 리가 없다. 안 그러면 식은땀을 흘리면서도 미소를 지을 리가 없다.

숙녀답게 차분한 웃음 아래로, 나는 교활한 미소를 감췄다. 이래 봬도 나는 꼼꼼해서, 빚이 생기면 꼭 갚아주는 편이다.

꼭 기대해 달라고…….

"미, 밀레느 님, 왜 그러시죠……?"

"아뇨. 아무것도 아니랍니다. 이번에는 협력을 흔쾌히 승낙해 주셔서 감사해요, 알베르 님. 저 혼자서는, 불안할 것 같았답니다……."

같잖은 소리를 하는 나를 보고 눈썹을 떠는 알베르.

하지만 내 속내까지는 눈치채지 못했을 것이다.

너만큼은, 놓치지 않을 거다. 도망칠 수 없는 상황이 만들어질 때까지 이빨을 감추기 위해, 나는 계속해서 숙녀의 가면을 쓰고 있었다.

제9화 미래(未來)

"그랬군. 그래서 조리 담당을 하겠다고 한 건가."

"그렇답니다. 모처럼 편해지려고 했는데……."

어느 날 오후.

지현제 준비가 착착 진행되는 가운데, 콜레트는 어처구니없다는 듯이 코웃음을 치고 말했다.

카페 개점을 준비하면서 과자를 어떻게 할지 의논한 결과, 결국 학급에서 몇 명이 조리 담당으로 발탁되었다.

오늘은 내가 만들 예정이었던 『배녁』이 어떤 건지 소개도 할 겸, 조리 담당을 데리고 주방장을 만나러 갔다가 돌아오는 길이다.

급우들과는 식당에서 헤어져 지금은 평소의 세 사람+한 사람과 단련 차 뒤뜰로 이동하고 있다.

콜레트가 입을 삐죽 내밀며 규탄하는 이유는, 배녁을 만드는 방법이 너무 간단해서다.

솔직히 말해, 분량만 똑바로 지키면 누구나 만들 수 있는 음식이다. 더군다나 만들자마자 내놔야 하는 것도 아니다. 농땡이를 부리려다 들킨 결과, 이런 시선을 받고 있는 것이다.

"아하하…… 사람들을 현명하게 부리는 것도 재능이잖아요. 저는 한층 더 탄복했어요."

"말씀 참 고맙군요……."

개인적으로는 현명하게 행동했다고 여겼지만, 계획을 망치면 이류나 다름없다.

편하게 이용당하는 인생은 싫지만, 이번 생에서 목표를 달성하려면 머리를 쓰는 법도 어느 정도 단련해야 할 것 같다.

"하아……."

뭐, 지나간 일을 생각해도 소용없다.

내가 꿈꾸는 인생을 살아가기 위해서라도, 지금은 손에 쥔 카드를 늘려야 한다.

뒤뜰에 도착하고, 이용자가 적은 벤치에 가방을 뒀다.

몸을 풀 겸, 준비한 목검을 가볍게 휘둘렀다.

알베르와 콜레트도 곧 시작할 대련에 대비해 각자의 방법으로 준비 운동을 시작했다.

평소와 다름없는 광경이다.

하지만, 최근 들어 추가된 것이 있다.

"……."

그것은 바로 벤치에 앉아 있는 멜리사다.

내 짐 옆에 앉아서, 가지런히 모은 다리 위에 손을 올리고 얌전히 앉아 있었다.

즉각적으로 움직일 수 없는 자세를 취했다는 건, 도망칠 필요를 느끼지 못한다는 증거다. 그야말로 견학이다. 그 모습은 경계심을 풀고 다리를 웅크린 채 앉은 고양이처럼 편안해 보였다.

눈길은 여전히 나를 향하고 있지만——.

"와아……."

내가 검을 휘두르면 때때로 탄성을 터뜨렸다.

그 여유로운 표정과 목소리를 들으니, 몸에서 힘이 쫙 빠져나 갈 것 같았다.

아무래도 알베르와 겨뤄 보고 깨달은 바가 있는 것 같았다. 자 기를 이긴 알베르의 스승인 나에게 간접적으로 흥미를 품게 된 것 같은데, 잘 모르겠다.

"두 분, 준비는 되셨나요?"

아무튼 부끄럽기에, 못 본 척하며 그렇게 말했다.

전에는 내가 쳐다보면 도망치듯 시선을 돌렸지만, 지금은 정 반대다.

엉망으로 엉클어진 실 같은 마음을 떨쳐내려는 듯이, 검을 휘 둘렀다.

"네! 오늘도 잘 부탁드려요!"

"오늘은 꼭 한 방 먹여 주고 말겠다, 밀레느!"

알베르와 콜레트에게 있어서는 완전히 '평소와 똑같은' 단련 시간이 시작됐다.

◆

"헉……헉……."

"가, 감사합니다……."

"저야말로 배울 게 많았어요."

어깨를 들썩이는 알베르와 콜레트와는 대조적으로, 나는 태연한 표정으로 그렇게 말했다.

두 사람은 오늘도 나에게 한 방 먹이지 못한 채 지고 말았다. 그 결과를 접한 콜레트와 알베르가 지은 표정은 정반대였다.

한 사람은 기뻐 보였고, 한 사람은 분해 보였다.

검을 지팡이 삼아 일어선 콜레트가 크게 한숨을 쉰다.

"너는 배울 게 많다고 말하지만…… 이렇게 실력 차이가 나는 상황에서 소득이 있을 것 같지는 않은데 말이다."

"그렇지도 않답니다."

쓰디쓴 표정으로 저렇게 말하는 건 '우리에게 배울 게 있을 리 없다'는 자괴감 탓일까.

하지만 나는 콜레트를 배려해서 빈말하는 게 아니다.

"대책을 세운 상대와의 대련을 통해 얻을 수 있는 것도 많으니까요. 콜레트 황녀와 알베르 왕자께서 노리는 부위는, 바꿔 말하자면 두 분이 저한테서 찾아낸 빈틈이라 할 수 있을 테니까요. 저 자신을 되돌아볼 좋은 기회가 된답니다."

두 사람은 머리 회전이 빠르다. 실력은 아직 내가 더 뛰어나지만, 두 사람과의 대련은 때때로 내가 눈치채지 못한 부분을 깨닫게 해 준다.

"흠……. 우리를 배려해서 하는 말이 아닌 건가. 그런 말을 들으니 조금은 기분이 풀리는 것 같은……걸!"

알베르보다 더 일찍 호흡을 가다듬은 콜레트가 기합을 넣으며 자세를 고쳤다.

자신의 미숙함을 깨닫고도 지나친 비관에 빠지지는 않는다. 타고난 재능에 안주하지 않으며 계속 성장하는 타입이다. 장래가 두려워지는 사람이다.

"휴……. 콜레트 황녀는 그나마 나아요. 저는 밀레느 님이 마력을 억눌러 주셔도 여전히 제대로 붙어보지도 못한단 말이에요."

뒤늦게 회복한 알베르가 즐거운 듯한 어조로 그렇게 말했다.

즐거운 기색인 것은 명확한 목표를 향해 걸음을 옮기고 있다는 것을 실감이 나기 때문이리라. 이쪽도 성장하는 타입이다.

"하지만 알베르 님도 착실하게 실력이 늘고 계세요. 오늘은 좀 격렬했다고 생각하지만……."

"그래. 예전의 알베르 왕자였다면 그 속도에 대처하는 것도 어려웠겠지."

"그런가요? 에헤헤…… 기쁘네요."

아직 젊은 두 사람이 부럽다. 뭔가가 부족하다면, 다른 것으로 대처하면 된다. 온갖 것을 포기하며 살아온 나에게는 좀 눈부시게 느껴지는 사고방식이다.

끽해야 주어진 마력과 경험만으로 살아가고 있는 사람으로서, 이런저런 생각을 하게 된다.

뭐, 내게 그런 과거가 있으니까 꾸준히 단련할 수 있는 것이기도 하지만.

"두 분 다, 정말 강해지셨군요."

"……!"

의욕이 넘친다는 것은 알지만, 오늘은 평소보다 격렬했다.

오늘은 계속해도 소용없겠지. 그렇게 생각해서 훈련을 마칠 것을 제안하자 콜레트와 알베르는 깜짝 놀란 표정을 지었다.

전에도 이런 적이 있었다.

"왜 그러시죠?"

"아니…… 밀레느가 방금 웃을 때 무척 부드럽고 자연스러워 보였거든. 자애로운 느낌이라고 할까――."

"그런 말은 하지 말아 달라고 전에도 말씀드렸을 텐데요?"

아니나 다를까 콜레트가 그런 말을 하자 나는 한숨을 쉬었다.

틈만 나면 이런 말로 구애하는 걸 보면, 정말 열정적이라고 할까……. 뭐, 그렇게 호의를 보여주면 기분이 썩 나쁘지는 않지만 말이다.

하지만 지금은 멜리사가 보고 있다. 멜리사가 어디까지 알고 있는지는 모르지만, 그렇고 그런 말을 남들 보는 데서 하지는 말아 줬으면 한다.

"신뢰, 받고 있구나. 게다가 그 표정――『그 여자』와는, 딴판이야……."

돌아갈 채비를 하려고 짐을 챙기러 벤치 쪽으로 가 보니 멜리사가 눈도 거의 깜빡이지 않으며 나를 쳐다보고 있었다.

혼잣말하는 것 같지만, 목소리가 작은 탓에 떨어진 곳에 있는 나한테는 들리지 않았다.

이상한 오해를 한 것은 아니겠지? 귀찮아질 거 같은데…….

내가 그렇게 생각하고 한숨을 삼킨 순간, 멜리사가 벌떡 일어났다.

"밀레느 페투레."

"네……?"

그리고 내 이름을 불렀다.

그 갑작스러운 행동에 당황했다. 나뿐만이 아니라, 콜레트와 알베르도 숨을 삼킨 것 같았다.

한 달이 넘도록, 멜리사가 『나』에게 말을 건 것은 처음이었다.

"이제까지의 행동을 사과할게. 너에게 할 이야기가 있어. 학교 밖으로 좀 따라와 줬으면 해."

멜리사는 고개를 숙이더니, 나를 살피듯 올려다보았다.

내 눈을 똑바로 바라보는 건 자주 있는 일이 아니다.

뭐가 가장 중요한 원인이 되었는지는 모르겠지만, 드디어 심경에 변화가 발생한 것 같았다.

"네, 좋아요."

내가 미소 짓자, 멜리사는 표정을 바꾸지 않은 채 작게 한숨을 쉬었다.

표정에는 큰 변화가 없지만, 안도한 것 같았다. 제대로 이야기를 나눈 적은 없지만, 한 달 동안 이 아이를 조금은 이해하게 된 것 같았다.

"흠? 어디 가는 것이냐? 그럼 우리도 짐을 빨리 챙기는 편이 좋겠구나."

"괜찮다면, 콜레트 황녀와 알베르 님께서는 남아 주셨으면, 해요."

항상 나와 함께 행동하는 콜레트도 당연히 따라오려 했지만, 멜리사는 거부했다.

이제까지 두려워했던 상대와 일대일로 대화하려는 것이다.

드디어 붙잡은 기회다. 나는 무심코 주먹을 쥐었다. 미안하지만 양해해 줬으면 한다는 마음에 콜레트에게 시선을 보냈지만…….

내가 무슨 말을 하기도 전에, 콜레트가 작게 고개를 끄덕였다.

"그래. 알았다. 밀레느와 멜리사의 외출 허가는 내가 받아주지. 우리는 돌아가자, 알베르 왕자."

"어쩔 수 없군요. 그럼 밀레느 님, 목검은 제가 반납할게요. 내일 뵙겠어요."

"호의에 감사드려요. 그럼 두 분, 조심히 가세요."

멀어져가는 두 사람을 배웅한 나는 그 모습이 시야에서 사라지자 다시 멜리사를 향해 돌아섰다.

멜리사의 눈에는 희미하게 망설임이 남아 있었지만, 동시에 확고한 결의도 어려 있었다.

"어디로 갈 거죠? 다른 사람에게 할 수 없는 이야기를 하려는 거죠?"

하지만 이대로 시간을 낭비하고 있을 수는 없다. 저녁 식사 시간까지 돌아오지 않으면, 밥을 굶어야 한다.

"맞아. 다른 사람한테는 절대로 할 수 없는 이야기야. 따라와."

내가 말을 꺼내자 멜리사가 그렇게 답했다.

따라오라 이거지. 나를 몰래 쫓아다니던 여자한테 그런 이야기를 들으니, 참으로 감회가 새로웠다.

그 말에 고개를 끄덕인 나는 순순히 멜리사의 뒤를 따랐다.

◆

학원에서 나와 멜리사와 함께 시내를 걷기 시작하고 꽤 시간이 흘렀다.

말 한마디 주고받지 않으면서 좁은 보폭에 맞춰 걷는 것에 거북함을 느끼기 시작했을 즈음, 멜리사는 천천히 멈춰서 옆에 있는 나를 쳐다보았다.

"이쯤이 좋겠어. 여기라면 은밀한 이야기를 할 수 있겠네."

멜리사가 가리킨 곳은 언젠가 알베르와 정보 수집을 하러 다닌 그날, 가루의 성분과 정보를 분석했던 찻집이었다.

그날 우리가 이 가게에서 한 일을 아는 녀석은 많지 않을 것이다. 멜리사도 우리의 동향을 파악하고 있는 것일까? 그런 의문이 머릿속에 떠올랐지만, 마음속으로 고개를 저었다.

시내 구석의 눈에 띄지 않는 장소에 있는, 한산한 가게다. 남들에게 들려주고 싶지 않은 이야기를 나눌 장소를 고른다면, 이런 가게가 후보로 선정될 것이다.

"왜 그래?"

"아, 생각할 일이 좀 있어서요."

"……?"

생각해 보면, 안 그래도 신경을 곤두세웠던 날에 멜리사의 어설픈 미행을 눈치채지 못했을 리가 없다.

멜리사가 나를 쫓아다니기 시작한 것은 최근 일이 틀림없다.

"어서 오십시오."

찻집에 들어가자 칙칙한 인상의 마스터가 흥미 없다는 눈길로 우리를 힐끔 쳐다봤다.

그 뒤로 자리로 안내하지도 않고, 손에 든 책을 다시 보았다.

뜻밖의 반응에 당황한 듯한 멜리사가 몸을 웅크리며 시선을 돌려대자, 나는 앞장을 서서 입구에서 가장 먼 자리에 가서 앉았다.

"익숙해……?"

"이런저런 일이 있었답니다. 멜리사 양도 이쪽으로 오세요."

얇은 판자 위를 걷듯, 멜리사가 내가 있는 자리로 걸어왔다.

그리고 주저앉듯 자리에 앉은 멜리사는 눈을 치켜뜨며 진지한 표정을 지었다.

지금 와서 무게를 잡아도 의미가 없지만, 그걸 지적했다간 이야기가 괜히 번거로워질 것 같다.

"얼그레이를 한 잔── 아니, 두 잔 부탁드려요."

"네."

자릿세 삼아, 맛있지도 않은 홍차를 두 잔 시켰다.

어차피 이야기를 나누는 게 목적이며, 이 가게에서는 뭘 시켜봤자 거기서 거기다.

메뉴 중에서 가장 위에 있는 것을 대충 두 개 시켰는데도, 마스터는 별다른 반응 없이 알았다는 대답만 했다.

　내가 멋대로 주문했다는 것에 놀란 듯한 멜리사가 눈을 동그랗게 뜨면서 나를 쳐다봤지만——.

　"고마워……."

　"천만에요."

　직접 주문하려 했으면 한참을 고민했을 거라고 생각한 건지, 입을 꾹 다문 후에 고맙다는 말을 했다.

　귀족 학교에 다니는 숙녀에게 이런 가게는 충격적일 것이다.

　낡아빠진 가게에는 변변찮은 의자와 테이블. 그리고 퉁명한 마스터가 전부니까 말이다.

　"얼그레이 두 잔, 여기 있습니다."

　아무 말 없이 주문한 음료가 나올 때까지 기다리자, 이 가게의 유일한 점원으로 보이는 마스터가 찻잔을 두 개 들고 왔다.

　최소한의 기능만 하는 투박한 찻잔.

　그 잔에 담긴 갈색 액체.

　마스터가 돌아간 것을 확인한 후, 멜리사는 그것을 입으로 가져갔다.

　"허무……."

　게다가 홍차 또한 '맛없다'에 가까운 평범한 맛이었다.

　일반 시민도 두 번 다시 오지 않을 듯한 이 가게는 귀족 아가씨에게 자극이 강해 보였다.

　굳어버린 고양이처럼 그윽한 표정을 짓는 멜리사.

아니, 이건 대체 어떤 표정이지? 조금 궁금하지만, 지금은 그것보다——.

"갑자기 어떤 심경의 변화가 생긴 거죠? 이야기를 나눌 자리를 마련해 준 건 기쁘지만 말이에요."

어째서 갑자기 멜리사가 나와 이야기할 마음이 생긴 건지 궁금하다.

잠시 생각하는 기색을 보인 뒤, 멜리사는 다시 앞을 본다.

"한동안, 너를 살펴보고, 신뢰해도 될 인간이라고 판단했어. 알베르 왕자와 콜레트 황녀는 사람 보는 눈이 확실해. 그런 두 사람이 너를 신뢰하고 있다는 게 첫 번째 이유야."

첫 번째 이유라고 말하는 걸 보면 다른 이유도 있을 것이다. 나는 조용히 이어지는 말을 기다렸다.

"그리고—— 너는 참 따뜻한 눈으로 두 사람을 봤어. 진심으로 누군가를 아낄 줄 아는 사람만이, 그런 눈빛을 보일 수 있어. 그게, 결정타야."

그리고 이어진 말이 낯간지러워서 무심코 얼굴이 벌게졌다.

무턱대고 부정하고 싶지만, 겨우 이야기를 할 마음이 든 멜리사에게 그러긴 좀 그렇다.

"그, 그런가요……."

결국 마른침을 삼키는 것도 참은 나는 대신 주먹을 쥐었다.

더 캐물었다간 내가 손해를 볼 것 같다.

아무 말 없이 이야기를 듣는 나를 본 멜리사는 무슨 말을 하려다 입을 다무는 것을 되풀이했다.

곧 결심을 굳힐 것이다. 멜리사는 다시 눈을 치켜뜨더니, 내 눈동자를 응시했다.

"내가 이르타니아 님의 말씀을 들을 수 있는 『이르타니아의 무녀』란 이야기는, 알고 있지?"

"네. 알베르 님께서 가르쳐 주셨어요. 그게 어쨌다는 거죠?"

그렇게 이야기가 시작되자, 드디어 이야기를 듣는다는 사실에 감회에 젖으면서도 겉으로는 차분한 척했다.

『이르타니아』. 지난 생에서는 전혀 신경 쓰지 않았지만, 이번 인생에서는 관계가 없다고 생각하기 어렵다. 그 신을 모시는 『무녀』의 말이 무의미할 것 같지도 않다.

"그럼 이야기가 빠르겠네. 계속 이야기하자면, 우리는 점괘에 가까운 형태로 먼 곳에 계신 이르타니아 님의 의견을 감지할 수 있어. 그건 매우 추상적이지만, 제대로 해석할 수만 있다면 무조건 적중해."

점괘? 수상쩍다는 말이 머릿속에 떠오르지만 도로 삼켰다.

어차피 단서는 없으니, 들어서 손해 볼 것은 없다. 지금 와서 이야기를 끊는 것도 바보 같은 짓이니, 이야기를 끝까지 들은 후에 웃어도 늦지는 않을 것이다.

"이르타니아 님께서 내리시는 말씀을, 우리는 다양한 그림이 있는 카드를 무작위로 몇 장 뽑는 형태로 받아. 실물을 챙겨왔으니까, 봐."

내가 이야기를 방해할 생각이 없다고 느낀 건지, 멜리사는 가방에서 카드 다발을 꺼내서 건네줬다.

꽤 정교한 카드였다. 카드 뒷면이 전부 똑같아 보였다. 이렇게 똑같이 만들려면 뛰어난 기술을 지닌 사람이 수고를 들여야만 할 것이다.

최대한 무작위로 카드가 뽑히게 할 필요가 있을 것이다.

그것이 나라를 뒤흔들 정도의 흉조를 예지하는 데 쓰인다면 당연한 일이라.

건네받은 카드를 몇 번 섞인 후, 가장 위의 카드를 뒤집었다.

"이건…… 강?"

그 카드에 그려진 것은 물이 흐르는 듯한 그림이었다.

"흐르는 물이라는 해석도 있어."

최대한 구체적으로 표현해서 강이라고 말했지만, 느낀 그대로 표현해도 되는 것 같았다.

다음 카드를 뒤집어보니──.

"다음은, 돈."

"그래. 어쩌면 『금』일지도 몰라."

이번 카드에는 동전이 그려져 있었다.

카드 다발을 뒤집어보니, 카드에는 다양한 사물과 현상이 그려져 있었다.

아하. 왠지 알 것 같다.

"이렇게 뽑은 카드를 통해 이르타니아 님의 의견을 해석하는 것이 우리 일이야. 기본적으로 카드를 뽑는 것이 우리 일이고, 해석을 전문으로 하는 사람이 있어."

"그렇군요?"

즉, 연상 게임이다. 예를 들어 처음 뽑은 물의 카드와 비의 카드가 합치면 홍수, 두 번째 돈 카드와 불길한──── 달 같은 것의 카드가 나온다면, 돈의 가치가 폭락한다고 예상되는 건가.

그런 카드를 뽑는 것이 멜리사 같은 『무녀』의 일이다.

거창한 명칭과 전설에 비하면 참 궁색한 점괘지만────.

"이제부터 『말씀』을 듣겠어. 협력해 줘."

"네, 알겠어요. 제가 뭘 하면 되죠?"

"카드를 섞은 후, 원하는 숫자만큼 뽑아서 깔아. 최대한 무작위로 말이야. 소중히 다뤄."

멜리사는 당연한 소리를 하듯 그렇게 말했다.

그렇군. 자기가 생각하는 결과가 나온다는 것을 '알고 있다'는 건가.

반신반의하면서도, 시키는 대로 카드를 섞었다.

"익숙해 보이네."

"저택에서는 심심풀이 삼아 했답니다."

사실은 지난 생에서 도박과 인연이 있어서지만, 알려줄 필요가 없는 정보일 것이다.

멜리사도 더는 아무것도 묻지 않았다.

적당히 카드를 섞은 후, 다섯 개로 나눠서 뒀다.

"잘 봐."

멜리사의 분위기가 차갑게 곤두선다.

얼굴은 작은 동물처럼 겁많은 소녀의 분위기가 사라진 것처럼, 차분한 무녀를 연상케 했다.

가늘고 작은 손가락이 매끄럽게 움직이면서, 카드의 산을 향해 미끄러지듯 이동했다.

그리고, 첫 번째 카드를 뒤집었다.

"──흥."

이렇게 알기 쉬운 카드도 없다고 생각한 나는 무심코 코웃음을 쳤다.

"해골, 인가요."

"그래. 인간의 해골. 딱 봐도 불길하지? 그래서 해골 카드는 파국적인 규모의 재해를 경고하는 경우가 많아."

테이블 한가운데에 카드를 둔 멜리사는 다른 카드를 향해 손을 뻗었다.

"검의 카드."

"무기, 혹은 다툼을 가리킬까요?"

"똑똑하네. 역시 너는…… 아니, 그 이야기는 나중에 할게."

두 번째는 검이 그려진 카드였다. 무기, 즉, 다툼이다.

그 해석을 바로 떠올린 것은 『거대한 재해』라는 예고를 통해 자연스럽게 예전 역사가 생각났기 때문이다.

파국적인 다툼.

그것은 내가 아는 『예전의 이르타니아』를 끝장냈던, 코르온의 침공을 가리킬 것이다.

심장이 뛴다. 아니, 아직이다. 전쟁의 예언 같은 건 불길한 예언 중에서는 흔한 부류에 속할 것이다.

하지만 만약 다음 카드가, 내가 생각하는 세 장 중에서 어느 것이라면…….

　사자일까, 달일까. 아니면——.

　"아아……."

　알고 있다고, 냉정하게 있으려고 해도 심장이 뛴다.

　"그래. 이게 바로 내가 너를 쫓아다녔던 이유야."

　——혹은 그것이 스루베리아란 꽃이라면, 멜리사의 능력은 나에게 있어서는 매우 신빙성이 높다고 할 수 있다.

　카드에 그려진 것은 역시, 신이 아꼈다고 전해져 내려오는 바로 그 꽃이었다.

　말하지 않아도 안다. 스루베리아 꽃은 분명 『밀레느』를 가리키는 것이다.

　스루베리아의 머리칼이 파국적인 전쟁을 일으킨다. 그 미래는 아직 나만이 알고 있다.

　이 녀석의 힘은, 진짜다. 어쩌면, 가리킨 미래가 전쟁이 아니라면 믿지 않았을지도 모르지만——.

　내가 손으로 입을 막자, 멜리사는 고개를 갸웃거렸다.

　"혹시, 짚이는 데가 있어?"

　"본의는 아니지만 말이지. 반신반의했었는데, 젠장."

　"……! 그게, 진짜 『너』?"

　"응? 아—— 쳇, 지금 와서 숨겨봤자 의미가 없나. 그래."

　그 말을 듣고서야, 숙녀 연기를 깜빡했다는 것을 떠올렸다.

　"그래……. 놀라긴 했지만, 지금 모습이 자연, 스럽게, 느껴져……."

"이래 봬도 꽤 고생하며 숙녀 행세를 하고 있거든. 세간의 이목 때문에 말이지."

본성을 드러낸 건 실수지만, 이대로 있어도 된다면 나로서도 편해서 좋다.

"그럼 평소 말투는 뭐야?"

"연기야. 최소한으로 귀족 아가씨답게 굴지 않으면 여러모로 잔소리를 듣거든."

"납득했어. 지금 생각해 보면 알베르 님과 대화할 때도 행동에서 거친 느낌이 들었던 것 같아."

놀란 것 같기는 하지만, 다행히 멜리사는 이 말투에도 긍정적인 것 같았다.

하지만 거친 느낌이 들었다는 건 반성해야 할 점인걸. 훈련을 구경하러 오는 녀석은 거의 없지만, 때때로 흥미가 생겨 보러 오는 녀석도 있다. 앞으로는 여러모로 조심해야겠다.

하지만 지금 중요한 건 그게 아니다.

──어차피 점괘에 불과하다. 그렇게 생각했다. 지금 생각해 보면 마술이나 사기로 먹고사는 녀석이라면 같은 짓도 가능할 것이다.

하지만 차분하게 생각해 보면 멜리사가 그들과 같은 기술을 지녔다고는 도저히 생각할 수 없고, 무엇보다 『점괘』의 결과가 너무나도──멜리사는 알 리 없는──미래를 연상케 하는 바람에 한순간 얼이 나가고 말았다.

"역시 『그 여자』와는 달라."

"전에도 같은 말을 했었지? 그게 어떤 의미야?"

그러고 보니 그게 남아 있었다.

방금 점괘의 결과를 듣고 느낀 건, 초조함과 놀라움만이 아니다.

또 하나 느낀 것은 불가사의함이다. 이해가 안 된다는 것이 지금의 내 심정에 가깝다.

점괘는 밀레느가 『나』로 바뀌었는데도 여전히 『그 미래』를 가리키고 있다. 즉, '대란을 부르는 스루베리아'라는 메시지 말이다.

적어도 알베르가 제대로 성장한다면 내란은 일어나지 않을 것이다. 이르타니아 멸망의 직접적인 원인은 코르온── 콜레트와 관계가 악화하는 것도 아직 조짐이 없다.

스루베리아의 머리칼──『밀레느』가 변하면서 『스루베리아의 머리칼』이 이르타니아를 멸망시킨다는 미래 또한 바뀌었을 것이다.

그렇다면, 점괘의 결과 또한 바뀌어야만 한다.

도중까지의 결과는 동일하더라도, 예를 들자면── 스루베리아의 카드 대신 『달의 신들』을 가리키는 달이나 뱀 같은 카드가 나와도 이상하지 않다.

그런데도 이 결과가 나왔다는 건, 아직 내가 이르타니아 멸망의 방아쇠가 될 수 있다는 의미일까? 혹은 『말씀』을 내리는 이르타니아 신이 변화를 눈치채지 못했을 수도 있지만──.

"그 여자── 내가 처음 만났던 밀레느 페투레는 정말 끔찍했어. 마음에 안 드는 게 있으면 주위에 성질부터 내고, 자기 고집 대로 하려고 했지. 사회의 규칙을 모르는 수준이 아니야. 자기야말로 규칙을 정하는 신인 것처럼 행동했어. 제대로 된 인간으로 성장할 리가 없다고 확신하기에 충분한 수준이었어."

생각의 바다에 빠져들려던 바로 그때, 멜리사가 본 밀레느에 관한 이야기가 나를 현실로 돌려놨다.

말이 심한 것처럼 같지만, 먼 과거를 이야기하는 듯한 멜리사의 말투가 그 느낌을 부정했다.

"하지만 너는 달라. 사회에 맞춰 살아가기 위해 최소한의 가면을 쓸 줄도 알고, 강해지기 위해 매일 노력하는 근면함도 지녔어. 게다가 알베르 왕자님과 콜레트 황녀에게 인정받았잖아. 『그 여자』는 절대로 불가능한 일이야."

"말이 되게 심한걸. 그리고 알베르한테 인정받는 거라면 어찌 어찌 되지 않을까?"

나는 코웃음을 쳤다. 어찌 보면 알베르의 위치는 예전 역사와 달라지지 않은 것이다.

"왕자님은 신앙심이 깊은 분이야. 하지만 지금은 달라. 이르타니아 님보다 너라는 개인을 신뢰하는 것처럼 보여."

하지만 그 변화는 눈치챈 것 같았다.

신뢰라고 하면 약간 부드러운 표현 같기도 하지만, 자기 나라의 왕자를 배려하는 것이리라.

"게다가 너는 태도가 꽤 유연해. 숙녀 연기도 능숙하고, 지현제에서도 편한 역할을 맡으려고 했지?"

"눈치챘어?"

"이래 봬도 요리가 취미거든. 과자 같은 건 한꺼번에 잔뜩 만들어 두면, 그 뒤로는 편하잖아?"

멜리사는 손가락 두 개를 꼽으며, 의기양양한 표정을 지었다.

아니, 그보다도 약간 얼빠져 보이던 이 여자가 뛰어난 관찰력을 지녔다는 게 놀라웠다.

멜리사에게 요리 취미가 없었다면 눈치채지 못했을지도 모른다. 아무튼—— 내 돌변한 태도를 보고 약간 놀라기만 한 걸 보면, 예상은 했던 것 같다.

의뢰로 만만치 않은 녀석이라고 생각하며 혀를 내둘렀다.

"하나 더."

테이블에 올려둔 팔에 얼굴을 올려둔 나는 재미없다는 듯이 시선을 돌렸다. 하지만 멜리사가 차분한 어조로 말을 잇자, 나는 다시 그녀를 쳐다보았다.

"어느 시기부터 『말씀』에 변화가 발생했어. 하지만 나는 그것을 믿을 수가 없었지."

잔잔한 호수에 물방울이 떨어지듯…….

멜리사는 잠시 말을 멈춘 후 다시 이야기를 이어갔다.

백자 같은 그녀의 손가락은 하늘에서 내리는 눈처럼 소리 없이 카드 위에 내렸다.

"『세상에 분란을 초래하는 스루베리아』. 그 예언에, 어느 순간부터 이어지는 내용이 생겼어. 믿기지 않지만, 몇 번을 점쳐 봐도 같은 결과가 나오는 거야."

차분한 어조로 그렇게 말한 멜리사는 물 흐르는 듯한 움직임으로 카드를 뒤집었다.

대체 무슨 소리지? 나는 의아해하면서도, 아무 말 없이 그 움직임을 지켜보았다.

이윽고 드러난 카드의 그림은━━.

"천칭……?"

균형을 이루고 있는 천칭 그림이었다.

그나저나 참 빙빙 돌려서 늘어놓는 『말씀』이다. 그림 자체와는 의미가 다른 것 같았다. 아마 거기에 담긴 의미는 평등이나 균형 같은 게 아닐까.

"『조화』. 이것으로 예언은 정반대의 의미로 변했어. 즉, 네가 세계의 파멸을 막는다는 거야."

"세계의? 아니, 규모는 그렇다 치고 왜 그렇게 되는 건데? 『세계를 싹 쓸어버리는 스루베리아의 머리칼』이라는 의미일지도 모르잖아."

그 해석에, 나는 무심코 반발했다.

아니, 정말로 그렇게 되면 재미없으니까 이리저리 손을 쓰는 중이지만.

"아무것도 모르네. 우리에게는 오랜 역사를 통해 파악해 둔 『말씀』의 해독법이 있어. 만약 네가 말한 의미를 지녔다면, 아마 이르타니아 님은 『황야』 카드를 뽑게 하셨을 거야."

하지만 멜리사는 나를 무시하고 우쭐대고 있는 입을 손으로 가렸다.

그 의기양양한 태도는 마음에 들지 않지만, 괜히 지적하지는 않았다.

　그 바람에 더 우쭐한 건지, 멜리사는 헛기침하고 말을 이었다.

　"균형을 이룬 천칭은 긍정적인 의미야. 그러니 이 말씀의 해독법은 이래. 『세계를 휩쓰는 대전쟁이 일어나려 하지만, 스루베리아의 머리칼이 조화를 가져온다』. 즉, 네가 세계의 파멸을 막는 열쇠가 된다는 거야."

　하지만 그 덕분에, 가치 있는 이야기를 들을 수 있었다.

　생각해 보면, 예전 역사가 그 후에 어찌 됐는지 나는 모른다.

　『달의 신들』 녀석들의 말을 생각해 보면, 밀레느를 제물로 삼아 『주신』이란 녀석을 강림시켰을까.

　그렇다면 세계가 파멸한다는 것도 허무맹랑한 소리는 아닐지도 모른다. 간부 중 한 명인 페르만조차도 대장군 여럿이 함께 덤벼도 이기지 못할 수준의 마력을 지녔다. 정정당당히 싸운다면, 재능을 완전히 꽃피운 미래의 콜레트라도 버거울 것이다.

　그런 녀석들이 주신으로 숭배하는 존재가 바라는 게 『혼돈의 세상』이라면, 세계 파멸도 허무맹랑한 소리는 아닐지도 모른다.

　"영 믿음이 안 가는 이야기네."

　그 이야기를 믿을 수 있느냐는 별개지만 말이다.

　"나도 그래. 그 멍청한 여자가 세계를 구하는 열쇠가 된다는 게 믿기지 않았어."

　"말이 참 심한걸. 뭐, 동감이지만 말이야."

"그래서 너를 관찰하고, 판단했어. 네가 어떤 존재인지를 말이야. 너는 믿어도 되는 인간이야. 제법, 남도 잘 챙기는 편이고. 입학 직후에 툭하면 싸움을 벌였지만, 대부분은 괴롭힘을 당하는 사람을 도와주려고 한 거였어."

"켁⋯⋯."

과대평가다.

나는 어디까지나 나 자신──그리고, 내 주변의 사람들만 해를 입지 않는다면 충분하다.

결과적으로 나한테 튀는 불똥을 털어내고 있지만, 오해받으면 귀찮다.

"그래서? 그걸 왜 나한테 이야기해 주는 건데?"

설명하기 귀찮아진 나는 눈을 돌리면서 귀찮다는 듯이 손을 펼쳐 보였다.

멜리사는 딱히 아랑곳하지 않으며 고개를 끄덕였다.

"실은 이것저것 물어보고 싶지만⋯⋯ 지금은 너한테 아무것도 바라지 않아. 그저, 이 말씀과 연관이 있을 듯한 징조가 보이면 알려줬으면 해."

"네가 그걸 알아봤자 달라질 건 없지 않아?"

말은 고맙지만, 이 문제는 알베르한테도 못 이기는 녀석이 끼어들어도 될 일이 아니다.

나는 코웃음을 쳤지만, 그런데도 멜리사는 나를 지그시 응시했다.

"그럴지도 몰라. 하지만 나는 이르타니아란 나라를 사랑하고, 이르타니아 님께서 사랑하신 평화를 지키는 건 멋진 일이라고 생각해. 내가 할 수 있는 일이 있다면, 하고 싶어."

그 눈빛은, 겁많은 꼬맹이의 눈빛이 아니었다.

아마 멜리사는 그렇게 말주변이 좋은 녀석이 아닐 것이다.

그렇기에 말로 내 신용을 얻으려 한다거나 같은 다른 의도가 있는 것처럼 느껴지지 않았다.

이르타니아를 신뢰하고, 이르타니아를 지키고 싶다고——이 조그마한 꼬맹이가, 진심으로 생각하는 것 같았다.

그리고 그 결과, 예전 역사의 멜리사는 그런 최후를 맞이한 것이다.

"그 녀석이 평화를 바랄 것 같지는 않은데 말이야."

하지만 그 정도로 『이르타니아』를 숭배하는 녀석조차도, 어이없는 죽음을 맞이하면서 전쟁의 시작을 알리는 봉화 역할을 하고 말았다. 그래서 『이르타니아 님』이 그렇게 잘났다고는 도저히 생각할 수가 없었다.

빌어먹을 과거가 생각난 나는 혀를 찼다.

그러자 멜리사는 약간 슬픈 표정을 지으며 고개를 저었다.

"아냐. 그럴 리가 없어. 아마——."

그리고 약간 머뭇거린 후, 망설임을 떨쳐내려는 듯이 앞을 바라봤다.

"그래서 『네』가 여기 있는 거라고 생각해."

"……."

그 말을 비웃으려고 했지만, 나는 아무 말도 하지 못했다.

내가 바로 그 『스루베리아의 머리칼』로서 이 자리에 있는 이유. 아무리 생각해도 그 이유와 의도를 알 수 없었던 것이다.

　그럴 만도 했다. 예전 역사에서는 전 국민에게 증오받았다고 해도 과언이 아닌 녀석의 몸 안에 들어가게 된 것이다. 신의 심술이라는 생각마저 들 정도다.

　혹시 여제가 들개에게 준 선물과 관련이 있을지도 모른다고 생각했지만…….

　"쳇……."

　더 생각해 봤자, 지금은 이유를 알 수 있을 리가 없다.

　그렇다면 역시, 나한테 있어 『이르타니아』는 여전히 빌어먹을 자식이다.

　"이야기는 끝났나요? 외출 허가는 콜레트 황녀께서 받아주셨을 거라고 생각하지만, 그래도 너무 늦는 건 좋지 않을 거랍니다. 슬슬 돌아가는 편이 어떨까요?"

　"응, 알았어. 일단 오늘은 이쯤에서 이야기를 끝내자."

　기분이 나빠진 나는 숙녀의 가면을 쓰며 그렇게 말했다.

　멜리사도 더는 이야기를 이어가려 하지 않았다.

　『대란에 조화를 가져오는 스루베리아의 머리칼』. 그것을 위해, 내가 여기 있는 거라고?

　일개 용병에게 그런 거창한 역할이 있을 것 같지는 않지만, 빌어먹을 상황에 처하게 해놓고서 자기 멋대로 말하는 거냐.

　만약 그게 사실이라면, 신이란 작자의 면상에 주먹이라도 꽂아야 직성이 풀릴 것 같다.

"마스터, 계산을 부탁드려도 될까요?"

"네. 얼그레이 두 잔, 가격은 이렇게 됩니다."

제시된 금액——맛없는 홍차 두 잔치고는 꽤 비싼——을 지불한 후, 가게를 나섰다.

맛을 물어보지도 않았고, 말할 생각도 없다.

테이블에 놓인 찻잔에서는 진한 색을 띤 액체가 흔들림 없이 균형을 이루고 있었다.

한화(閑話)

싱그러운 풀이 햇살을 받아 빛나며 잔잔한 바람에 흔들리는 평온한 초원을 마차 한 대가 나아가고 있었다.

마차가 자주 오가는지 흙으로 된 지면이 노출된 길을 나아가며, 마차는 천천히 흔들리고 있었다.

"으음~. 경치가 좋은걸. 반짝이는 파도 같아서 참 아름다워. 맑은 바람도 기분 좋아!"

하지만 이 목가적인 광경에 전혀 어울리지 않는 목소리가 초원에 울려 퍼졌다.

그 목소리의 주인은 마차 안에서 창문에 팔을 걸치며 풍경을 응시하고 있는 한 명의 미장부였다.

약간 느끼하지만, 그 밝은 어조에서는 진심으로 풍경을 즐기는 기색이 느껴졌다.

밝은 어조로 말하는 청년은 보는 이들에게 호감을 줄 것이다.

"자연은 참 좋군. 나는 아름다운 것을 좋아하지만, 웅대한 자연에는 항상 압도돼. 드넓은 초원, 높이 솟은 산, 바닥이 보이지 않는 계곡. 오랜 세월로 새겨진 예술은 참 아름답지. 롤프 군도 그렇게 생각하지?"

어디까지나, 쉴 새 없이 쏟아지는 말에 질색하지 않는다면 말이다.

과장되게 팔을 휘두른 청년은 맞은편에 앉은 남자에게 말을 걸었다.

맞은편 자리에 앉은 사람은 투박한 주름이 피부에 새겨진 민둥머리 남자다.

롤프라고 불린 것을 보면, 그것이 이름이리라.

갑작스러운 질문에, 롤프는 더듬거리며 입을 열었다.

"아뇨, 저는……."

"그래? 그거 유감이군. 뭐, 취향은 사람마다 다르니까 말이야. 그런 인격이 무한히 존재하는 것 또한 혼돈이라 할 수 있지. 아, 그러고 보니 이번에 동행을 요청해서 미안해. 갑작스러운 이야기라 인수인계가 큰일이었지?"

말끝을 흐리는 롤프의 말을 끊듯, 청년이 주절댔다.

청년은 롤프에게 말을 건넨 것 같으면서도, 그렇지 않을지도 모른다.

무시해도 이야기 흐름에는 딱히 변화가 없을 것이다. 하지만 만약 그것이 자신을 향한 말인데 답하지 않는 건 무례라고 생각한 롤프는 계속 반응을 보일 수밖에 없었다.

"다름 아닌 대사님의 말씀이니까요. 그 정도는 아무것도 아닙니다."

"으음~! 성실한걸. 개인적으로는 좀 더 여유를 가졌으면 좋겠지만, 너 같은 사람을 싫어하진 않아. 나와는 정반대니까 말이야. 너 같은 인물이 있으면, 여러모로 변화를 느낄 수 있어 참 좋지."

"네, 영광입니다. 빅토 대사님."

어디까지 진심인지는 알 수 없지만, 롤프는 자기를 칭찬해 주는 청년에게 깊이 고개를 숙이면서 그렇게 답했다.

그렇다. 그들은 『달의 신들』의 일원이다. 밀레느 살해를 목적으로 제르포아에 들어가려 하는 빅토 루드랜드와 그런 그에게 인정받은 『달의 신들』 준간부인 『소사(少師)』 롤프 벌처다.

두 사람 사이에는 명확한 상하관계가 존재한다.

이 엉뚱한 대화는 그 때문에 이뤄지고 있는 것이다. 만약 두 사람의 지위가 반대라면, 마차 안에서는 전혀 대화가 이뤄지지 않을 것이다.

"너무 딱딱하게 굴지 마. 나는 매사에 유연함을 중시하거든. 특히 예측할 수 없이 변화하는 환경이 좋아. 전에는 반대였는데 말이지. 인생이라는 건 참 알다가도 모르는 거라니깐."

"아, 네⋯⋯."

롤프는 건성으로 대답했지만, 빅토는 아랑곳하지 않았다.

본인 또한 실없는 대화임을 아는 것이다.

쾌활하고 붙임성이 좋으며, 장난기 많은 미남. 빅토는 사교 집단의 일원으로는 도저히 보이지 않는 청년이지만——.

"어이쿠, 관문인가. 역시 제르포아야. 세계 각국의 귀족 자녀가 모이는 학교가 있는 곳이라 그런지 경비가 꽤 삼엄한걸. 분명 우리처럼 수상한 녀석들이 뭐라고 말하든 원칙이니 규정이니 같은 소리나 하면서 제르포아에 들여보내 주지 않겠지. 정말 구역질이 나."

페르만 같은 인물과는 다르지만, 그 또한 『달의 신들』의 일원이다.

구역질이 난다고 말하면서도 얼굴에는 유쾌한 표정이 어려 있으며—— 그 눈동자는 사악한 빛으로 탁해져 있었다.

마차가 관문 안으로 들어갔다.

하지만 당연히 통과되지는 않았으며, 창을 든 초소병이 길을 막았다.

마부가 고삐를 당기자, 잘 훈련된 말은 순순히 멈춰 섰다.

마부와 두세 마디 나눈 병사가 창문으로 다가왔다.

"실례지만, 통행증을 보여주게."

이것이 그의 업무다. 그 말과 행동에서는 흐트러짐이 없었다.

그 모습을 본 빅토는 붙임성 좋은 미소를 지었다.

"일하느라 수고가 많아. 그리고 미안하지만, 통행증은 없어."

"뭐? 그렇다면, 이곳을 통과할 수 없다."

당연한 말이다. 상대방이 장난스러운 태도를 보였지만, 보초병은 언성을 높이지 않으며 차분히 대응했다.

성실한걸, 하고 생각한 빅토는 웃음을 흘렸다.

"역시 그렇구나. 이야, 곤란하게 됐는걸. 하지만 대신 이걸 보여주면 생각이 나지 않을까 싶은데——."

빅토는 미소를 띠고서 말아쥔 손을 내밀었다.

보초병은 그가 내민 손을 쳐다봤다.

손바닥을 펼치자—— 거기에는 아무것도 없었다.

"음? 아무것도 없는데……."

"아니, 잘 보라고."

보초병이 무심코 그렇게 대꾸하자 빅토는 어린애를 어르는 듯한 미소를 지었다.

그 순간—— 빅토의 손바닥에서, 빛이 뿜어져 나왔다.

"우왓!"

한순간 뿜어져 나온 그 격렬한 빛에, 보초병은 반사적으로 눈을 감았다.

하지만 그런 반사적인 행동을 취한 후, 보초병은 움직이지 못하게 됐다.

육체적으로 대미지를 입은 건 아니다. 하지만 빅토의 수상한 행동을 추궁하지도 않은 채——.

그저 공허한 눈빛을 띤 채, 멍하니 서 있기만 했다.

"방금 그 빛은 뭐지?"

바로 그때, 빛을 본 다른 보초병이 다가왔다.

격렬한 빛을 쬐고 멍하니 서 있는 동료를 미심쩍게 여긴 보초병은 무기를 쥔 손에 힘을 주더니, 창끝으로 마차를 겨눴다.

——바로 그 순간.

"아, 아아아아아——!"

"우왓……! 뭐 하는—— 끄악!"

얼이 나간 표정으로 빈 껍데기처럼 되어 있던 보초병이 괴성을 지르더니, 어찌 된 영문인지 동료 보초병을 공격한 것이다.

힘껏 내지른 창이 경갑옷을 꿰뚫더니, 등 뒤로 튀어나왔다.

이 갑작스러운 사태에, 다가오던 보초병은 경악에 사로잡힌 채 숨을 거뒀다.

"뭐, 뭐 하는 거냐?!"

"으아아아아! 끄아아아!"

소동이 일어난 것을 안 보초병이 뛰어왔다── 하지만 괴성을, 아니 포효를 지르며 날뛰는 미친 보초병이 동료들을 연이어 공격했다.

"진정해! 너, 무슨 짓을⋯⋯?!"

하지만 명색이 전투를 생업으로 삼고 훈련이 일상인 보초병들이다. 힘에 의지해 마구 내지른 창을 막지만──.

"이, 이 힘은⋯⋯ 끄억!"

"이, 인간의 힘이 아니야⋯⋯! 크윽?!"

범상치 않은 힘을 발휘하는 미치광이를 감당하지 못하고 차례차례 몸이 꿰뚫리거나 머리가 터졌다.

관문에서는 느닷없이 엄청난 혼란이 벌어졌다. 미친 동료를 제지하려는 자, 괴물 같은 힘을 보고 도망치는 자, 말 못 하는 시체가 된 자가 뒤섞이면서, 관문이라는 그릇이 혼돈으로 가득 찼다.

그사이 마차는 유유히 관문을 통과했다.

"아하하! 대혼란인걸! 역시 내 생각대로야! 갑작스러운 비극은 희극 이상의 웃음을 제공해 준다고!"

뒤로 멀어져 가는 소란. 빅토는 손뼉을 치며 웃었다.

한동안 그런 후, 겨우 웃음의 파도가 잦아든 빅토가 목을 떨면서 말했다.

"어때? 이제 생각이 났겠지? 본능이란 걸 말이야."

이걸로 끝이라는 듯이 손뼉을 두 번 쳤다.

그 모습은 마치 이야기꾼이 이야기의 끝을 알리는 것 같았다.

"여전히 무시무시한 마술이군요."

뺨에 땀방울이 맺힌 롤프. 하지만 웃음을 띤다.

"아니, 별것 아니야. 세세한 제어는 어렵고, 마력 방어에는 막히고 말거든. 뭐, 이런 건 취미의 부산물에 지나지 않아."

감정을 잘 드러내지 않는 남자에게서 느껴지는 진심 어린 찬사에, 빅토는 겸손해하면서도 만족 어린 미소를 지었다.

"갑자기 발광한 동료의 창에 찔려 죽은 남자, 머리가 터진 남자, 사명을 잊고 정신없이 도망치는 병사들. 즉흥극치고는 참 좋지 않아?"

"네. 혼돈이란 이름의 무질서한 살육이었습니다."

"고지식한 줄 알았는데, 뭘 좀 아는걸. 그렇기에 너희 일원이 된 보람이 있는 거야."

아무래도 자신의 『취미』가 인정받아서 유쾌한 것 같았다.

웃음을 띠면서, 빅토는 창밖으로 눈길을 준다.

"나는 말이지. 아무튼 아름다운 걸 좋아해. 너희가 언젠가 소멸시킬 인간 한 사람 한 사람이 지닌 이야기라는 것도, 참 아름답다고 생각한단 말이지. 그런 것에 다가가고 싶어서 극작가가 된 건데—— 그건 영 아니었어. 결국 극이라는 건 정해진대로 진행되는 『거짓』에 지나지 않거든."

과거를 떠올린 건지, 부하인 남자에게 말을 건네면서도 어딘가 먼 곳을 쳐다보는 듯한 시선을 머금고 있었다.

탁한 눈동자가, 일그러진 빛으로 가득 찼다.

"그 점에서 살아있는 인간은 멋져. 숨을 거두는 순간까지 이야기가 어떻게 흘러갈지 알 수 없거든. 다음에는 뭘 할까. 최후에는 어떤 표정을 지을까 싶어서 가슴이 쉴 새 없이 떨린다니깐. 주사위의 눈이 뭐가 나올지는 던져 보기 전에 알 수 없잖아. 그런 혼돈이야말로 아름다운 이야기의 본질이야."

아까 자기가 만들어낸 광경을 떠올린 빅토는 웃음을 흘렸다.

하지만 그것도 잠시였다. 애정으로 가득한 미소를 띤 빅토가 머나먼 어딘가를 바라보며——

"기대되는걸. 『신의 개』는 그렇게 아름답다며? 최고의 배우가 연기하는 비극은 그 자체만으로 아름다울 거야."

——자기가 생명을 노리는 소녀를, 떠올렸다.

"하지만 이번에 내가 할 일은 오프닝에 지나지 않지만, 그게 세계의 마지막 대무대의 오프닝이라면 영광이지. 크크큭, 좋네. 혼돈의 세상을 위해—— 너희의 이념에는 진심으로 공감한다고."

이리하여, 극작가는 자기가 생각하는 최고의 무대로 간다.

마차는 길을 따라 제르포아로 향한다.

제10화 준비(準備)

"확실하게 잘 드렸습니다. 이용해 주셔서 감사합니다. 또 이용해 주시길 진심으로 빌겠어요."

지현제 개최를 앞둔 어느 날.

나는 알베르와 콜레트, 그리고 같이 다니는 게 당연해진 멜리사를 데리고 평일 낮에 시내를 방문했다.

딱히 학교 수업을 빠진 건 아니다. 지금 제르포아는 지현제 준비기간이라서 수업 시간이 단축됐다.

그래서 수업은 오전에 끝났고, 우리는 준비 일환으로 주문해 둔 『카페』 유니폼을 찾으러 갔다.

방금 들은 것은 옷가게 측에서 또 방문해 주길 바란다는 인사였다.

열 벌가량의 의상을 맞췄다. 장부에 써넣을 수익도 상당하리라. 단골을 기대하는 심정도 이해는 됐다.

뭐, 이런 기회가 또 찾아온다면 이용하는 것도 괜찮을지 모른다. 어쩌면 내년에도…… 아니, 그건 조금 성급한가.

아무튼, 상품 수령과 계산을 무사히 마친 우리는 옷가게를 나섰다.

"무사히 받았네요! 살펴보니 문제도 없는 것 같았어요. 정말 당일이 기대되네요."

"오냐. 그렇다! 밀레느가 이걸 입는 날이 참 기대되는구나!"

가게를 나와서 걸음을 옮기기 시작하자 기분이 좋아 보이는 왕족 두 사람이 웃어댔다.

그와는 대조적으로, 나는 짐을 든 손을 늘어뜨리듯이 어깨를 축 늘어뜨리고 있었다.

짐이 무거워서 그런 게 아니다.

"젠장, 예상 밖이야……. 이런 옷을 입으라고……?"

완성된 옷의 디자인이 예상보다 더── 심각했던 것이다.

아니, 물건 자체는 괜찮다. 특별한 느낌이 감도는 밝은 색상에 귀여움과 선정성을 겸비한 디자인이다. 노출 또한 풍기문란이라고 할 정도는 아니었다.

옷의 완성도 자체는 괜찮다. 돈을 들인 만큼, 미래의 『카페』의 유니폼보다 더 세련된 복장으로 완성됐다.

문제는── 그것이 내 예상보다도 잘 만들어진 것이다.

"하하하! 역시 할 거면 최선을 다해야겠지!"

콜레트의 행동을 예측하지 못한 것이다.

의상을 주문할 때, 콜레트가 가게에 남아서 점원과 이런저런 이야기를 나눴던 것을 떠올렸다.

뭔가 즐거워 보인다고는 생각했는데, 설마 발주하면서 이런저런 주문을 추가한 줄은 몰랐다.

그렇게 완성된 것이 바로 방금 받은 옷이다.

벌써 마음이 무겁다. 몸이 여자니까 여자 옷을 입는 것 정도는 아무것도 아니라고 여겼지만, 노출이 많으면 왜 이토록 부끄러운 걸까.

일 때문에 옷을 두껍게 입을 때가 많았지만, 그래도 남자일 때는 노출을 신경 쓴 적이 없는데……

"너, 너무 우울해하지 마세요, 밀레느 님! 다른 사람도 이 의상을 입을 예정이잖아요!"

"부끄러운 옷으론 안 보이는걸. 나도 입을 거잖아?"

"그건 그렇지만…… 취향이란 사람마다 다른 법이라고."

결국 콜레트의 암약을 막지 못한 내가 멍청했다. 지금 와서 어찌할 수 없는 일로 꿍얼거릴 생각은 없다.

그리고 멜리사가 말한 것처럼, 옷의 디자인 자체는 그렇게 나쁘지 않다. 아니, 미래에서도 흔히 접할 수 없는 품질이다.

이제 마음만 정리하면 된다.

"마음이 무거워……"

그게 되면 편할 텐데.

이 점은 시간이 해결해 주길 빌 수밖에 없다. 전혀 신경 쓰이지 않게 되는 것도 나름 문제라고 생각하지만.

아무튼, 좋다. 자꾸 생각해 봤자 뭐가 어떻게 되는 것도 아니다. 그렇다면 생각하지 않는 편이 낫다.

"흠. 하지만 예상보다 순조롭구나. 급우들에게는 미안하지만, 조금 바람을 쐬고 돌아가지 않겠느냐?" "

찬성이야."

지금은 마음을 고쳐먹으며, 조금이라도 기분을 밝게 만드는 편이 좋을 것 같았다.

콜레트의 제안에 따라 찻집에서 땀을 좀 식히기로 했다.

"다들 열심히 일하는데, 그래도 돼?"

일단 지금은 '수업 중'이므로, 교실에서 지현제 준비를 하고 있을 급우들을 떠올린 듯한 멜리사가 그렇게 물었지만──.

"시찰이야, 시찰. 뭐라고 하면 그렇게 둘러대면 돼."

인생이란 다소 적당히 살지 않으면 지치는 법이다.

사실 메뉴 숫자는 한정했고, 요금 또한 결정했다. 지금 와서 새롭게 배울 것은 거의 없지만, 인생이란 잔꾀를 부리며 살수록 편하다.

"아이스티 네 잔."

"알겠습니다."

당당히 테라스 자리에 앉은 후, 주문을 마쳤다.

오늘은 덥다. 차가운 음료는 참 맛있을 것이다.

"시찰 삼아서 들어온 거지만── 이런 가게도 꽤 참신하구 나. 제르포아에는 재미있는 가게가 많은걸."

"네. 차가운 홍차도 처음 접했을 때는 놀라웠지만, 마시기 편해서 이런 날에는 참 좋아요."

이 찻집도 이 시대치고는 참신한 곳이다. 왕족 두 사람이 감탄 하면서, 결국『시찰』을 했다.

하지만 말했다시피, 이『찻집』도 꽤 참신한 편이다. 홍차 품종 을 세세하게 밝히지 않고, 식사도 간단한 요깃거리부터 배부르게 먹을 수 있는 것까지 준비되어 있다.

간단한 식사와 홍차를 즐기는 가게는 얼마 후의 미래에 드물지 않지만, 이 시대의 이르타니아에는 그런 가게가 없을 것이다. 콜레트의 말을 생각해 보면, 아마 코르온도 똑같겠지.

물류의 중심인 만큼, 제르포아의 문화는 선진적인 걸지도 모른다.

이 시기의 나는 뭘 했더라. 아마 『밀레느』와 그렇게 나이가 차이 나지는 않았던 것으로 기억한다.

그렇다면——.

"오래 기다리셨습니다. 아이스티 네 잔, 나왔습니다."

"오오, 왔구나."

지금의 『자신』이 뭘 하고 있을지 생각하고 있을 때, 점원이 주문한 것을 가지고 왔다.

조각난 얼음이 들어 있는 유리잔 네 개. 희미하게 이슬이 맺힌 잔이 참 시원해 보였다.

단숨에 들이키고 싶은 충동을 억누르며, 한 모금 들이켰다.

"하아…… 맛있어."

목을 통해 몸 깊숙한 곳까지 시원해지는 느낌에, 무심코 한숨을 토했다.

"맛과 향기는 약하지만, 참 기분 좋은걸. 음료…… 특히 홍차를 얼음처럼 차갑게 식힌다는 건 꽤 좋은 생각이구나."

콜레트의 말처럼, 음료를 차갑게 만든단 발상은 미래에서 온 내가 보기에도 꽤 참신했다.

홍차 자체는 싸구려지만, 차갑게 했을 뿐인데 이렇게 맛있게 느껴지다니……. 아니, 어쩌면 맛이 연해서 청량감이 더 강한 걸까?

"제르포아는 재미있네."

사람들이 분주하게 오가는 시내를 쳐다보며, 그렇게 중얼거렸다.

아무리 미래를 보고 왔다 해도, 어차피 좁은 세상에서 살았을 뿐이다. 아직 내가 모르는 게 잔뜩 있는 것이다.

의외로 그런 걸 둘러보는 것도 괜찮을지 모른다.

"즐거워 보이네요."

"응? 아…… 그래."

제르포아 시내를 감상하고 있을 때, 알베르가 피식 웃었다.

"네가 솔직하다니, 별일도 다 있구나."

"그렇지도 않거든? 평소의 나를 어떻게 보는 거야?"

평범하게 긍정했을 뿐인데, 놀리듯 치아를 드러내며 웃는 콜레트를 향해 눈을 흘겼다.

대체 나를 뭐로 보는 걸까.

"조롱꾼."

"내숭녀."

"너희도 참……."

콜레트와 멜리사가 동시에 의견을 입에 담았다.

콜레트는 몰라도, 멜리사도 이런 농담을 하는 것을 보면 조금은 관계의 진보가 느껴지는걸.

"정말이지……."

"말은 그래도 참 즐거워 보이는구나."

"응? 뭐, 그래. 학원에서는 행실을 신경 쓰니까. 가끔 이렇게 신경 안 써도 될 때면 해방감 같은 게 느껴져."

"쭉 그래도 되는데."

"그런가? 나는 때때로 보여주니 더 특별하게 느껴져서 좋은 데 말이다. 그건 그렇고, 멜리사 앞에서는 그 말투를 숨기지 않는구나."

"실수로 원래 모습을 드러냈거든. 지금 와서 꾸미는 것도 바보 같잖아?"

"처음에는 놀랐지만, 나는 좋은 것 같아."

그러고 보니 멜리사 앞에서도 본성을 드러내게 됐다는 이야기를 안 했던가.

굳이 보고할 일도 아니지만──.

그래도 이렇게 본성을 드러내게 되면서 신뢰……라는 건 좀 말이 지나칠지도 모르지만, 친근감이 드는 것은 사실이다.

"으음~ 왠지 좀 샘이 나는 것 같다고 할까…… 이 감정은 대체 무엇이냐~!"

콜레트한테는 전부터 보여줬던 거니 딱히 샘날 것도 없다고 생각하는데.

두 손을 들며 분노를 표현하는 콜레트에게 쓴웃음을 짓는다.

어느새 빈 아이스티의 얼음이 미끄러져 잔에서 맑은 소리를 냈다.

얼음 소리가 도회지의 소음에 미세한 정적을 만든다.

"나는 밀레느한테 사과해야 해."

"아앙?"

나무 사이로 비치는 햇살 같은 침묵을 깬 사람은, 멜리사였다.

몸을 웅크리며 갑자기 선언하는 바람에 의아해하는 소리가 나온다.

"난 지레짐작하고 나쁜 태도를 보였어. 일방적으로 적대시한 걸…… 사과하고, 싶어."

"아, 그런 소리야?"

무슨 소리를 하나 했더니, 예전의 태도를 사과하고 싶다는 말이었다.

그것도 때늦은 소리 같지만.

"딱히 신경 쓰진 않아."

"하지만……."

그 정도 일을 딱히 신경 쓰지는 않는다.

실제로 미움을 받은 건 내가 아니고, 사람을 착각했을 뿐이다.

게다가 나는 예전 역사에서 더 심한 대접을 당한 적이 있다.

"당사자인 내가 괜찮다잖아. 신경 쓸수록 손해라고. 빙빙 돌려서 말하는 『말씀』과는 다르게, 숨겨진 뜻 같은 건 없어."

그러니 이것으로 끝이다. 내가 손을 내젓자, 멜리사는 넋이 나간 것처럼 입을 벌리고 있었지만——.

"후홋, 말이 뭐 그래."

다소곳하게 콧소리를 내며 웃었다.

덩달아 알베르와 콜레트도 미소 지었다.

그 순간, 왠지 시간이 천천히 흐르는 듯한 느낌이 들었다.

그것이 왠지 나쁘지는 않아서——.

"어차, 너무 오래 있으면 안 되지. 이만 돌아가자."

고개를 내젓는 대신, 그렇게 제안했다.

내가 그렇게 말하자 모두가 고개를 끄덕였다.

생각해 보니 좀 부끄러운 소리를 했을지도 모른다. 조금 억지
스럽게 일어난 자리 뒤에서 온화한 웃음소리가 들렸다.

제11화 명화(名花)

"그 꽃병은 이쪽으로! 거기, 테이블보가 삐뚤어졌답니다."

시간이 쏜살같이 흐른다는 말처럼, 정신없이 바쁜 하루하루를 보내다 보니 어느새 지현제 당일이 찾아왔다.

지금은 이른 아침. 우리 『봉황반』은 카페 개점을 앞두고 마지막 준비를 진행하고 있었다.

나와 알베르, 콜레트는 평소 이 시간에 단련하니까 문제없지만, 다른 학생들은 쿨쿨 잘 시간이다. 일찍 일어나는 데 익숙하지 않아 눈을 비비는 사람, 정신을 못 차리는 사람이 그런 상태에서도 분주하게 교실 안을 돌아다니고 있다.

나는 지휘를 하듯 이곳저곳에 지시를 내리고 있었다.

아직 졸린 꼬마에게는 이 정도가 딱 좋은지, 준비를 진행하면 할수록 얼굴에서 생기가 샘솟았다.

정신이 들고, 고대하던 지현제 개최를 실감하기 시작하기 때문이리라.

"밀레느, 슬슬 우리도 의상을 입는 게 좋지 않겠느냐?"

"그래요. 그 말씀이 옳아요. 멜리사 양, 엘미라 양과 로밀다 양도 같이 오실 수 있을까요?"

"네!"

"알겠어요, 밀레느 님."

멜리사 외에도 접객 역할을 맡은 두 학생을 불렀다.

엘미라는 자랄 곳이 잘 자란 차분한 인상의 미인, 로밀다는 날씬하면서 활발하고 건강미가 넘치는 갈색 피부 소녀다.

동안인 멜리사와 씩씩한 콜레트를 합쳐서 모든 취향에 대처하려는 작전이다.

"그러면 알베르 님. 남자 여러분의 안내를 잘 부탁드려요."

"네. 맡겨 주세요, 밀레느 님."

남자 쪽은 알베르에게 인솔을 맡겼다.

두 그룹으로 나뉘어서 탈의실로 이동하고, 도착하고 나서 의상을 나눠줬다.

이 옷을 입는 건 두 번째다. 가게에서 받은 날에 사이즈를 확인하려고 한 번 입어서, 행사 당일인 오늘이 두 번째다.

혹시라도 더러워지면 문제라는 이유로 입지 않았지만, 당일에는 마음을 굳게 먹을 수밖에 없다.

"역시 귀엽군요~! 밀레느 님이 고안하신 옷이라면서요?"

로밀다가 주름이 잡히지 않게 옷을 입으면서 말했다.

"네, 기본은 저랍니다. 하지만 콜레트 황녀가 더 손본 것이 지금의 이 옷이죠. 대부분 콜레트 황녀의 생각이라고 여겨도 괜찮을 거예요."

겸손처럼 들릴지도 모르지만, 사실이다.

나도 입기로 하는 바람에, 내가 주문한 것은 고작해야 '컬러

풀한 메이드복' 정도였다.

"그래요, 콜레트 님이시군요. 이해가 된답니다. 조금 자극적이지만, 참 멋지군요."

그리하여 완성된 것이 자극적—— 직역하면 노출이 심해진 이 옷이다.

말은 그래도 여학생이 문제없이 받아들일 수준이지만…… 역시 내가 입으려니 마음이 무겁다.

하지만 불평해서 어떻게 될 시간은 이미 지났다.

의상을 입는다. 딸린 장식도 있지만, 그건 나중에 하고 싶다.

"다들 갈아입었나! 그러면 교실로 가자. 우리의 아름다움을 한껏 보여줘야 하겠구나."

콜레트의 말에 고개를 끄덕이는 로밀다와 엘미라.

아무래도 자기들 외모에 자신이 있는 듯하다. 실제로 여기 있는 다섯 사람은 하나같이 수준이 높다고 본다. 외모라는 조건을 붙이면 나도 포함해서.

하지만 자꾸 투덜대는 것도 나답지 않다.

탈의실을 나서서 교실로 이동할 때, 복도를 걷는 학생들의 시선이 우리에게 쏠렸다.

사람들의 눈길을 끄니 괴롭지만——.

"후후. 여러분, 부디 봉황반을 찾아주세요."

그딴 건 생각하지 말라고 타이르고, 시선이 못 박힌 학생들에게 애교를 뿌린다.

모처럼 주목받으니까, 선전에 이용하지 않을 수 없다.

무척 궁금하겠지. 참신하고 자극적인 의상으로 꾸민 아리따운 여자가 뭘 할지. 필시 알베르 일행도 여학생들에게 주목받고 있을 것이다.

"역시 빈틈이 없는걸."

"이렇게 된 이상, 우물쭈물하는 것이 오히려 더 부끄러운 법이랍니다. 이용할 수 있는 거라면 뭐든 이용해야죠."

"약삭빨라."

웃는 얼굴로 한탄을 감추고, 주위에 손을 흔들거나 하면서 걸음을 옮긴다.

자, 이것으로 마지막 준비는 끝난 셈이다.

아니지, 나는 마지막으로 한 가지, 사적인 볼일이 남았지.

교실에 돌아가 보니, 알베르 일행이 돌아와 있었다.

교실 중심에서, 무대에서 내려온 연극배우처럼 학생들에게 에워싸였다.

알베르를 비롯한 남학생들에게 건네준 것은 승마복—— 연미복을 고쳐서 만든 정장이다. 하지만 더 몸에 딱 붙게 했고, 제비꼬리를 연상케 하는 부분을 강조했으며, 안감으로 맵시를 살렸다.

내 의도대로 정장을 젊은 세대 느낌으로 개조한 이 디자인은 이 시대 소녀들에게 좋은 반응을 얻는 것 같았다.

작업을 중단하는 것도 무리는 아니라고 할까. 좀 더 감상회를 하게 두고 싶지만, 공교롭게도 여유 부릴 시간이 없었다.

"다녀왔어요."

"어서 오세요, 밀레느 님…… 앗?!"

교실에서 시선을 끌려는 듯이, 나는 약간 큰 소리로 인사를 건 넸다.

알베르 일행이 받고 있던 것보다 더 큰 주목을 받을 거라고 확 신했기 때문이다.

예상대로 교실의 모든 시선이 탈의실에서 돌아온 우리에게 쏠 렸다.

그렇게 시끌벅적했던 교실에 정적이 감돌았다. 손으로 입을 가린 여학생들이 한숨을 토하고, 남학생들은 너무 큰 충격을 받 은 탓에 시간이 정지되고 말았다.

"너, 너무나도 아름다우세요……. 천사, 아니, 여신님……?"

특히 알베르는 마치 갓 태어난 새끼 사슴처럼 다리를 덜덜 떨 며 과장된 반응을 보이고 있었다.

하지만 무리도 아니었다. 실제로 콜레트의 의견이 더해진 의 상은 엄청났다.

앞섶이 깊이 파였으며, 분리가 되는 옷깃—— 에이프런 드레 스를 베이스로 하면서도 쇄골까지 드러나는 대담한 디자인이 었다.

치마는 풍성한 느낌으로 부풀었으며, 그 귀여운 이미지가 섹 시한 상반신과 대비를 이루면서도 다투지 않고 조화를 이뤘다.

평소 이 학원의 학생은 다리를 거의 드러내지 않지만, 짧은 양 말을 통해 귀중한 맨다리를 대담하게 드러내고 있다.

하지만 저속하지는 않았다. 붉은색을 바탕으로 한 귀여운 컬

러링이 의상을 정리해 주고 있으며, 머리의 원포인트── 토끼 귀 느낌의 카추샤가 귀여움 쪽으로 방향성을 잡아주고 있었다.

이에 따라 에이프런 드레스는 귀여우면서도 여성의 매력을 한층 강조하는 의상으로 완성됐다.

그렇기에 나로서는 이렇게 입기 힘든 옷은 세상에 없다 싶을 정도였지만, 그걸 입은 콜레트와 멜리사는 귀엽다고 생각한다. 특히 콜레트는── 아니, 관두자.

그런 의미에서 본다면, 알베르에게 내 모습은 충격적이었을 거라고 생각한다.

실제로 남녀를 불문하고 교실의 모두가 우리에게 매료됐다. 출발은 대성공이라고 봐도 될 것이다.

"이 정도일 줄은 생각도 못 했어요……! 아아, 이 감동을 어떻게 표현하면 좋을지……!"

"감사해요. 알베르 님도 참 잘 어울리세요."

비틀거리며 다가온 알베르가 쓰러지지 않도록 손을 잡아주자, 또 교실 안이 한숨 소리로 가득 찼다.

실제로 알베르 또한 매우 잘 어울린다고 생각한다.

호리호리한 몸매를 몸에 딱 붙는 정장으로 강조해, 유리 세공품 같은 몸을 눈부시게 꾸며주고 있다.

아아, 그래서 더 아쉬운걸.

"안 그래도 매력적인데, 이렇게 밀레느 님의 매력을 끌어내는 의상이 있다니……! 이게 콜레트 황녀의 제안인가요?"

"네. 원안은 제가 잡았지만, 이렇게 완성도를 높인 건 콜레트 황녀의 공적이라고 할 수 있겠죠."

"아아, 맙소사…… 저는 알 수 있어요. 이건, 밀레느 님의 매력을 끌어내는 것을 최우선으로 생각한 의상이에요. 저는 지금, 진심으로 콜레트 황녀를 존경하고 있어요."

"흥. 나야말로 그걸 눈치챈 너를 칭찬해 주지. 알베르 왕자, 너 또한 밀레느를 잘 이해하고 있다는 사실을 인정할 수밖에 없겠구나."

두 왕족이 굳게 악수하는 모습을 보자, 나는 온몸에서 힘이 쫙 빠졌다.

대련의 성과인지, 알베르와 콜레트의 콤비네이션은 하루가 다르게 성장하고 있다. 언젠가는 나를 위협하는 경지에 이를지도 모른다── 그런 오한이 느껴졌다.

애초에 이런 상황에 몰린 게 알베르와 콜레트 탓이라고 생각하니, 약간 화가 났다.

아니, 됐다. 그것보다도 계획을 마지막 단계로 진행하자.

나를 이런 상황에 몰아넣은 알베르에게 복수하는 것이다.

"자, 그러면 마지막 준비를 해 보죠── 앗, 다리가……."

나는 일부러 발을 헛디디며, 알베르 쪽으로 쓰러졌다.

콜레트가 놀란 표정을 지었다는 걸 알 수 있었다. 나를 부축해 주려고 손을 뻗었지만, 간발의 차이로 늦고 말았다.

하지만 애초부터 쓰러질 생각이 없었다. 나는 놀란 표정을 짓고 있는 알베르를 향해 쓰러졌다.

그리고── 힘차게 옷을 움켜잡고, 그대로 찢었다.

"우와앗?! 미, 밀레느 님……?!"

"죄, 죄송해요, 알베르 왕자님! 피로 탓인지, 발을 헛디디고 말았어요……."

자신을 향해 쓰러진 나를 안으며 부축한 알베르에게, 뻔뻔한 사과를 했다.

정숙한 태도를 보여서 그런지, 나를 전혀 의심하지 않는 것 같았다.

순진한 도련님을 속이는 게 마음에 조금 걸렸지만—— 이것은 복수다.

이 녀석이 먼저 나를 건드렸다.

"아뇨. 다행히 다친 데는 없어요. 저는 걱정하지 마세요. 밀레느 님이 쓰러지지 않으셔서 다행이에요."

알베르라면 그렇게 말할 것이다. 나는 그렇게 생각하며 천천히 그 품에서 벗어났다.

다행히 우리 둘 다 멀쩡했다. 그러니 신경 쓰지 말라고 알베르가 말했다.

"하지만 옷이 이래선…… 유감이지만, 접객을 맡을 수가 없겠군요. 밀레느 님의 힘이 되겠다고 말해 놓고 이렇게 되어서 정말 면목이 없어요."

하지만 모처럼 준비한 연미복이 무참히 찢어지고 말았다.

교실 곳곳에서 낙담이 섞인 한숨이 들려왔다. 알베르는 연미복이 참 잘 어울렸다. 귀여움이 두드러지지만, 학급의 남학생 중에서도 특히 잘생긴 알베르의 전선 이탈은 유감일 것이다.

알베르도 고개를 푹 숙였다. 내가 요청해서 맡은 접객 역할을 못 하게 된 것 때문에 상심한 걸지도 모른다.

하지만 이러면 된다. 처음부터, 전부 예정대로다.

"그건 걱정하지 마세요."

그렇다. 처음부터 예정되어 있었던 것이다. 여기서, 이 타이밍에 발을 헛디뎌서 알베르에게 쓰러지는 것도, 연미복을 찢는 것도…….

처음부터 그걸 위해 연미복은 잘 찢어지게 만들라고 주문해 뒀다.

"이런 일도 있을까 해서, 다른 옷을 준비해 뒀답니다. 부디, 모쪼록 이 옷을 입어 주세요. 알베르 왕자께서 빠지시면, 저도 마음이 놓이지 않을 것 같답니다……."

"그런가요! 역시 밀레느 님이세요! 이런 사태도 예상해 두셨다니, 이 알베르는 감복했어요."

그리고── 갈아입을 옷도 말이다.

나 혼자만 지옥에 떨어질 수야 없지. 네놈도 반드시 지옥으로 데려가고 말겠다.

그날 했던 맹세는, 잊지 않았다고……!

갈아입을 옷을 건네주자, 알베르는 힘차게 탈의실을 향해 뛰어갔다.

웃으며 그 모습을 쳐다보고 있을 때, 콜레트가 무시무시한 것을 보는 눈으로 나를 쳐다봤다.

"언제부터…… 계획하고 있었던 것이냐……?"

아무래도 내가 건네준 옷이 뭔지 눈치챈 것 같았다.

역시나 콜레트다. 복수하는 방법을 잘 안다.

최악의 타이밍에 최강의 공격을. 나라 하나를 멸망시키는 책략과는 비교도 안 되지만, 나도 앙갚음에는 일가견이 있다.

"무슨 소리야?"

멜리사는 영문을 모르겠다는 듯이 고개를 갸웃거렸다.

"아니, 금방 알게 되겠지. 너도 밀레느를 적으로 돌리지 않는 편이 좋을 거다. 앞으로는 나도 조심해야겠군."

"이제는 적이라고 생각 안 해. 진짜로, 무슨 일이야?"

콜레트에게 복수하는 건 포기하고 있었지만, 견제에 성공한 거라면 일을 벌인 보람이 있다 싶었다.

나는 몰래 미소 지었다. 그러자 멜리사는 미심쩍은 표정으로 나를 쳐다봤다.

남자 탈의실은 여기서 꽤 떨어진 곳에 있었다.

그러니 들릴 리가 없지만──.

"이, 이게 뭐예요~?!"

그런, 알베르의 비명이 들린 기분이 들었다.

제12화 신다방(新茶房)

"으으으…… 너, 너무해요, 밀레느 님……."

"어머, 잘 어울리는데요? 저는, 알베르 님께 더 어울릴 의상을 드렸을 뿐이랍니다."

그로부터 얼마 후…….

교실로 돌아온 알베르는 훌쩍거리며 몸을 한껏 웅크렸다.

그래봤자 주위로부터 숨길 수 있는 면적에는 한도가 있지만 말이다.

"정말, 잘 어울려. 무시무시할 정도로."

알베르의 모습을 본 멜리사가 중얼거리듯 말했다.

그렇다. 나나 멜리사와 같은 에이프런 드레스를 입은 알베르를, 뚫어지게 보면서 말이다.

"너무 보지 마세요……. 이, 이건 한 나라의 왕자가 할 차림이 아니에요….."

"어머, 당당히 행동한다면 여자애로 보일 거랍니다. '낯선 여자애가 있다' —— 다른 반 손님이 그렇게 여기는 편이 낫지 않을까요?"

내 복수. 그것은 알베르도 '거들게' 하는 것이다.

단, 남자 접객 역할이 아니라 나와 같은 일을 말이다.

그걸 위해서 알베르에게 건네준 연미복만 쉽게 찢어지게 만들었으며, 알베르의 사이즈에 맞춘 에이프런 드레스도 준비했다.

나를 지옥에 떨어뜨려 놓고서 팔자 좋게 지내다니, 용납할 수가 없다. 얕보이는 것만큼은 절대로 안 참는다는 게 내 신조란 말이다.

"으, 으음…… 정말, 잘 어울려……."

"나, 왠지 이상한 기분이 들어……."

"으…… 으으으으……! 밀레느 님~!"

그 바람에 새로운 경지를 개척하려는 녀석들도 있지만, 그런 녀석들은 빠르든 늦든 결국에는 눈뜨고 말 것이다. 새로운 것을 즐기는 소양을 갖추게 해 줬으니 고맙게 여겼으면 하는 바람이다.

"그냥 오늘 하루만 참아 봐라, 알베르 왕자. 이걸로 질렸으면, 앞으로는 행실을 조심하는 게 좋겠지."

"따지고 보면 콜레트 황녀가 꺼낸 말 때문에 이렇게 된 거잖아요! 마치 남 일처럼……."

"거참, 참으로 무시무시하군. 할 거면 똑바로 해야겠지."

콜레트는 납득한 것처럼 고개를 끄덕이고, 알베르는 원망하는 눈으로 쳐다보았다.

원래는 콜레트한테도 한 방 먹일까 했지만── 자기가 입기 싫은 것을 권한 알베르와 신나서 똑같은 옷을 입은 콜레트는 죄질이 다르다.

콜레트 본인이 이 옷을 입는 것에 거부감이 없는 만큼, 이번에는 내『패배』인 것이다.

"수다는 그만 떨죠. 곧 개점 시간이랍니다."

"오오, 벌써 시간이 그렇게 됐나. 자아. 그만 마음을 굳혀라, 알베르 왕자."

"으으, 하지만……."

알베르는 이 상황에서도 미적대고 있었다.

느닷없이 여자 옷을 입게 된 심정은 이해한다. 그렇지만——그것과 이건 이야기가 다르다.

"콜레트 황녀의 말씀대로랍니다. 참 잘 어울려요. 당당히 행동하기만 하면 아무도 알베르 님을 알아보지 못할 테죠. 여장을 한 왕자가 되는 것도, 『지현제』 동안 있었던 신비로운 미소녀가 되는 것도, 전부 알베르 왕자의 행동에 달렸지 않을까요."

이렇게 되면 너무 부끄러워하는 쪽이 더 부끄러운 법이다.

애초에 알베르한테는 두 번이나 여장을 한 경험이 있다. 지금 와서 불평해 봤자 먹히지 않는다.

"개점합니다! 밖에는 손님들이 많아요!"

그때, 망설이는 알베르를 더욱 궁지에 몰아넣는 소식이 전해진다.

아이러니하게도 시작은 참 좋다. 이렇게까지 한 만큼, 좋은 결과를 내지 못한다면 손해다.

"그러면——저희 봉황반의『카페 아우로라』를 개점하겠어요!"

힘차게 가게 이름을 외치며, 교실 문을 열었다──그러자 엄청나게 많은 학생이 줄 서 있는 모습이 눈에 들어왔다.

지금 가게를 보고 있는 이들 이외의 모든 학생이 이곳으로 몰려온 게 아닐까 싶을 정도다.

자, 기합을 넣도록 할까. 멜리사와 콜레트에게 눈짓한 다음, 알베르를 슬쩍 노려봤다.

멜리사와 콜레트는 고개를 끄덕였고, 알베르는 잠시 망설이는 듯한 반응을 보였다.

"어서 오세요!"

하지만 우리의 목소리는 멋지게 하모니를 이뤘다.

애교가 듬뿍 담긴 눈빛을 머금으며, 사람들을 맞이하려는 듯이 손을 펼쳤다.

당혹스러워하는 웅성거림이 들린 다음, 황홀경에 찬 한숨이 이 공간을 가득 채웠다.

"몇 분이서 오셨어요?"

"아, 그…… 그게, 네 명……이에요……."

넋을 잃고 보는 심정은 이해하지만, 우리는 박리다매──일반적인 찻집에 비하면 꽤 비싸지만──다. 이제부터 중요한 것은 회전율이다. 공손함보다 활발함으로 가게에 밝은 분위기를 자아내면서, 얼이 나간 남학생을 자리로 안내했다.

"저희 가게의 메뉴는 하나로 통일되어 있답니다. 과자에 곁들일 잼만 골라주세요."

"아, 그, 그럼 딸기를……."

"우리도 그걸로……."

메뉴는 하나, 홍차 세트뿐이다. 배넉에 곁들이는 잼만 세 종류 중에서 고르게 되어 있다.

극한까지 간소화한 접객 시스템에, 숙녀들의 취미 수준인 홍차와 과자.

그것을 가지고 시장 가격의 두 배나 되는 돈을 받지만, 불만을 느끼는 사람은 없을 것이다.

"봤어……? 밀레느 양의 저 미소……!"

"아름답지만 무서운 사람이라고 생각했는데, 저런 미소도 짓는구나……."

그에 걸맞은 부가가치가, 이 접객에는 존재하는 것이다.

나도 원래는 남자였던 만큼, 저들의 심정은 이해한다. 이런 격차는 남자들의 마음을 끌기 마련이다.

저 황홀한 표정은, 그들이 지금 꿈속을 거니는 심정이라는 것을 이야기해 주고 있다.

"블루베리와 마멀레이드, 이거면 돼?"

"아, 아잇!"

"이쪽은 블루베리가 셋이구나. 알았다."

"아…… 네!"

다른 녀석들도 호평인 것 같았다.

앳된 멜리사. 당당한 콜레트.

콜레트는 왕족의 접객을 받는다는 말도 안 되는 체험도 부가가치 중 하나가 됐을 것이다.

왕족이라고 하면——.

"따, 딸기 잼 셋이군요. 알겠습니다……"

알베르도 잘 일하고 있는 것 같네.

주문을 받자마자 후다닥 도망치는 건 좀 그렇지만——.

"저런 애가 있었나……."

"글쎄? ……아무튼, 귀여워."

"풋풋해……."

수줍어하는 모습이 남자들의 마음에 확 꽂혔나 보다.

오늘 하루 동안의 꿈을 즐기라고. 분명 달곰씁쓸한 추억이 되겠지.

그 정도로, 알베르의 여장은 완벽했다. 진실을 모르면—— 아니, 알더라도 여자로 보일 것이다.

다른 녀석들도 일을 잘하는 것 같았다. 더는 보지 말고 내 일에 집중해야겠다.

"오래 기다리셨어요. 아우로라 티 세트, 딸기 잼 넷입니다."

사실상 미리 만든 홍차와 과자. 거기에 잼을 곁들여서 손님에게 내줬다.

그러자 자리에 앉은 남자들이 오오, 하고 환성을 질렀다.

나 자신도 얼굴은 그럭저럭 반반하다고 생각한다. 화려한 옷을 입고 애교를 부리면, 웬만한 남자는 이렇게 될 것이다.

완만한 동작으로 과자를 입으로 가져가고 있지만, 맛 같은 건 거의 느껴지지 않을 것이다.

이제는 손님을 돌리기만 하면 된다. 포기하고 나니 꽤 편한 일인걸.

"감사합니다~. 다음 손님, 이쪽으로 오세요!"

손님을 배웅하고, 다른 손님을 맞이한다. 끊임없이 손님이 들어오니까 제법 바쁘다.

즉, 그만큼 돈을 번다는 뜻이다. 장사가 잘된다는 것을 실감하니 기분이 괜찮았다.

"아아…… 평소의 당당한 모습도 좋지만……."

"밝은 느낌의 밀레느 님도, 좋아……."

게다가 뭐랄까, 인간을 이렇게 뜻대로 굴리는 것도 기분이 썩 나쁘지 않았다.

놀이라는 전제가 있어서 그렇겠지만, 헐값에 부려지는 입장에서 보면 애교 하나로 귀족을 뜻대로 움직이는 것에서 거무튀튀한 기쁨을 느꼈다.

부끄러움이 완전히 가시지 않는 것을 보면, 적성에 맞지 않은 것 같지만.

슬그머니 고개를 저은 후, 다시 일에 집중했다.

그 뒤로도 손님의 발길이 끊기지 않고, 마침내 교대 시간이 찾아왔다.

"밀레느, 교대 시간이다. 일단 뒤쪽으로 이동하자."

"네, 알겠어요."

콜레트와 마주 보고 미소를 짓자 또다시 여기저기서 탄식 소리가 들려왔다.

하지만 우리를 대신할 로밀다와 엘미라도 상당한 미인이다.

왕족 혹은 명문가라는 부가가치는 떨어지지만, 남자들과 합치면 충분히 잘할 수 있을 것이다.

"어어~! 밀레느 님, 자리를 비우는 거예요?!"

"콜레트 님도요?!"

의외인 것은 나와 콜레트, 그리고 멜리사와 알베르가 메인인 남자 손님 접대 시간에도 여학생이 꽤 들어왔다는 것이다.

"후후. 아쉬워해 주니 기분이 좋지만, 우리도 지현제를 돌아보고 싶거든. 나중에 또 접객할 테니, 그때 와다오."

"아…… 네엣~……!"

"몇 번이든 오겠어요……!"

뭐, 콜레트가 저러는 것이다. 이해가 안 되는 것도 아니다.

이 녀석은 여자지만, 남자다운 면이 있다. 그것도 사람들 위에 서기 위해 배운 영재 교육의 성과인 걸까.

장래에 대군을 이끌 여제님이 될 소질이 이미 충분한 걸지도 모른다.

"그럼 여러분, 저희는 일단 실례하겠어요. 괜찮다면, 나중에 또 봐요."

"꼭 올게요!"

"또 방문할게요!!"

이상하게도, 인기만 보면 나도 콜레트 못지않은 것 같다.

적어도 학교에 있을 때는 숙녀처럼 행동하고 있는데 말이다. 이해가 안 되는 심정으로, 커튼 뒤로 이동했다.

"그럼 엘미라 양과 로밀다 양, 뒷일을 부탁드려요."

"아하하, 밀레느 님의 대타로 나서려니 부담이 되네요."

"그래도 최선을 다할게요. 지현제를 즐기고 오세요."

뒷일을 부탁한 후, 교복을 향해 손을 뻗었다.

지현제 동안 내내 이 옷을 입고 있기는 싫었다. 쉬는 시간이라도 교복을 입고 싶다.

"음, 갈아입을 것이냐?"

"네. 일이 없을 때 정도는 편안하게 지내고 싶으니까요."

"이렇게 귀여운데."

"그래도 안 돼요."

콜레트와 멜리사가 입술을 삐죽 내밀었지만, 나는 단호한 어조로 그렇게 말했다.

웬일인지 입을 다물고 있던 알베르는———.

"저, 저기…… 저는 어떻게 할까요……? 이렇게 눈길을 끌어선, 남자 탈의실에 들어갈 수 없을 것 같은데요……."

보아하니 내 마음을 조금이나마 이해한 것 같다.

"옷을 갈아입고 싶다면, 커튼을 치고 교실에서 갈아입을 수밖에 없겠군요."

"으으…… 그럴 수밖에 없겠네요……."

여자 차림으로 남자 탈의실에 들어갈 수도 없을 것이다.

그런 의미에서 본다면, 몸이 남자인 알베르가 나보다 더 힘들지도 모른다.

뭐, 자업자득이지만.

"그럼 저희는 옷을 갈아입고 오겠어요. 나중에 교실로 돌아올 테니까, 여기서 합류하죠."

"네……."

이번 일로 질렸다면, 다음부터는 배신하지 않을 것이다.

하지만 괴롭히는 맛이 있는 걸까. 풀이 죽은 알베르가 왠지 귀엽다고 느끼면서, 나는 교실을 나섰다.

◆

옷을 갈아입은 후에 알베르와 합류한 우리는 지현제를 돌아보기 위해 넷이서 학교 안을 돌아다녔다.

건네받은 소책자에 따르면, 다양한 가게가 있는 것 같았다.

당연하게도 대부분 귀족 취향의 가게라서 딱히 관심이 생기지 않지만, 적진 시찰 삼아서 돌아보니 꽤 재미있었다.

"정말…… 너무해요, 밀레느 님. 대체 언제부터 계획하신 건가요……?"

"그야 당연히, 처음부터죠. 저도 알베르 님에게 배신당했을 때는 낙담을 금하지 못했죠."

아직 납득하지 못하는지 알베르가 원망하는 눈치로 내 몸을 손가락으로 콕 찌른다.

한 방 제대로 먹인 셈이다. 조금은 내 고통을 이해했다면 잘된 일이다.

"용의주도. 무시무시한 여자."

멜리사가 눈을 흘기지만, 그런 건 신경 쓰이지도 않는다.

나쁜 짓이 성공하는 순간은, 나이를 먹어도 즐거운 법이다.

 "그렇답니다. 저는 화나게 한 상대에게 집요하게 복수하는, 무시무시한 사람이죠."

 "어때? 내 말이 맞지? 적으로 돌리지 않는 편이 좋을 거다."

 "정말 그래. 가능하면 좋은 관계를 유지하고 싶어."

 "그 점에는 저도 동의한답니다."

 독설 섞인 발언 또한, 아랑곳하지 않으며 대꾸했다.

 하지만 좋은 관계를 쌓고 싶다는 건 진심이다.

 멜리사가 지닌 무녀의 힘은 아마 진짜일 것이다. 아니, 실제로 그 힘을 내 눈으로 확인했다. 나를 둘러싼 성가신 일에 휘말리게 할 생각은 없지만, 그 힘을 빌려야 할 때가 찾아올지도 모른다.

 뭐, 그것도 『이르타니아』한테 융통성이 있어야 하겠지만 말이다. 예를 들어 일전에 콜레트가 감금됐을 때, 어디 있는지 알 수 있었다면 일이 손쉽게 풀렸을 것이다.

 결국 아무 일도 없었으니 다행이지만, 만약 큰일이 벌어졌다면 이 세상은 이르타니아의 『말씀』대로 되었을 것이다.

 "그런데, 어디부터 돌아볼 거야?"

 "글쎄요. 쇼핑에는 그다지 관심이 없으니, 구경거리를 중심으로 돌아볼까 싶어요."

 "아, 그럼 2학년의 이 반은 어떨까요? 연극을 한다고 하는데, 곧 다음 공연이 시작될 것 같아요."

 그렇게 됐다면, 이렇게 함께 웃지도 못했을 것이다.

그것은 좀, 재미없다.

지금은 멜리사도 우리 사이에 잘 녹아들고 있다. 사건에 끌어들이고 싶지는 않지만, 여차하면 미리 사정을 설명하고 협력을 받을 필요가 있을 것이다.

하지만 녀석들은 요즘 들어 모습을 보이지 않고 있다. 내 걱정이 기우로 끝난다면 더할 나위가 없다.

최소한 졸업할 때까지만이라도 얌전히 있어 준다면, 그 후에는 나 혼자서도 어떻게 할 수 있을 거란 자신감도 있었다.

"조금 흥미가 생기네요. 연극을 보러 갈까요?"

"그래. 우리 말고도 보여주는 형식을 선택한 반의 실력을 봐주자꾸나!"

그때까지라도 좋으니, 얌전히 있어 주면 좋겠는데.

앞장서서 걷는 콜레트를 보고, 웃음을 흘렸다.

지금은 조금이라도, 이 시간을 즐기기로 하자.

◆

──결론부터 말하자면, 연극은 끔찍했다.

하긴, 그럴 수밖에. 오늘 하루 몇 번이나 반복해서 올려야 하니까 필연적으로 공연 시간은 짧아지고, 각본이 정리될 리가 없다. 연기도 아마추어니까 차마 봐 줄 수준이 아니다.

하지만──.

"아하하! 그건 너무했지! 특히 마지막 통곡은 나도 참 웃음을 잘 참았다고 칭찬해 주고 싶었다!"

"전개도 엄청났어요. 설마 신이 나타나서 전부 해결해버릴 줄이야……."

"솔직히 잘 모르겠어."

식당에서 간단하게 식사하면서, 돈까지 주며 본 연극이 얼마나 별로였는지 이야기하는 시간은 의외로 즐거웠다.

짧아서 차라리 다행이란 생각마저 했는데, 이렇게 이야기를 나누는 시간은 아무리 길어도 부족하다 싶을 정도다.

"음, 어느새 시간이 이렇게 됐구나. 생각보다 이야기에 푹 빠졌는걸."

"으으…… 또 그 옷을 입어야 하는군요……."

하지만 즐거운 시간일수록 빨리 흐르는 법이다. 어느새, 또 접객 일을 해야 하는 시간이 다가오고 있었다.

아니면 나쁜 일을 앞두고 있으면 시간이 빨리 흐르는 걸지도 모른다――고 생각했지만, 그렇지는 않을 것이다. 세 사람과 보내는 시간을 즐겁게 느꼈을 뿐이리라.

"후후. 오늘 하루면 끝이잖아요. 차라리 마음을 비우고 즐기는 편이 나을지도 모른답니다, 알베르 왕자님."

그렇다. 오늘은 두 번 다시 찾아오지 않는다. 이렇게 되면 나도 오늘 하루 동안 바보가 되어 주겠다.

뭐, 술자리에서 개인기랍시고 다시는 사람들 앞에서 고개를 못 들 짓거리를 하기도 한다. 그나마 봐 줄 만한 모습이면 그나마 낫겠지.

"어, 아…… 그, 그래요. 확실히 그 말씀이 맞을지도 몰라요."

"그래. 성에 돌아가면 여장을 할 기회는 없을지도 몰라."

"저기, 멜리사 양?! 그런 건 좀 작게 말해 주세요……!"

멜리사의 딴죽에 당황한 알베르가 목소리를 낮추라고 지적했지만, 과장된 몸짓 탓에 주위의 주목을 더 받고 말았다.

그 미소녀가 이 자리에 있는 왕자님이라고는 생각하지 못하겠지만, 본인이 이래선 머지않아 눈치채는 녀석이 나타날지도 모른다.

이제는 반성했을 테니까, 조금은 도움의 손길을 내밀어 주자.

"저기, 멜리사 양——."

잠시 괜찮을까요, 하고 말을 이으려던 바로 그때였다.

바위가 깨지는 듯한 굉음이 울려 퍼지더니, 그 직후에 속까지 뒤흔들리는 듯한 낮고 무거운 진동이 느껴졌다.

"뭐……뭐지?!"

"방금 그 소리는 뭐야?!"

식당에 있던 학생들이 벌떡 일어서더니, 정체불명의 소리와 진동에 놀라며 천장을 올려다보았다.

방금 그건, 폭발음이다. 정확하게는, 폭발로 뭔가가 파괴되는 소리다.

"밀레느."

"쉿. 잠시 기다리죠."

그 이변을 콜레트가 재빨리 눈치챘다.

단순한 굉음이 아니다. 공격적인 의지에 따라 발생한 파괴의 여파다. 그것을 눈치챈 건, 군사 국가의 황녀로서 훈련 등의 일환으로 접했기 때문일까.

패닉의 싹이 트는 가운데, 목소리를 죽인 채 다음 소리를 기다렸다.

잠시 기다리자, 이번에는 종소리가 들렸다.

비상사태 발생을 알리는 경종이다. ——아무래도 학교 측도 이 사태를 파악한 것 같다.

"이건……?! 밀레느 님, 뭐가 어떻게 된 거죠……?"

"아직 모르겠군요. 하지만…… 아마도, 학원이 누군가에게 공격받은 거예요."

그렇다. 귀족 자녀가 모인 이 학교가, 누군가에게 공격을 받는다는 비상사태를.

이어서 또 폭발음이 들리자, 식당은 그대로 공황 상태에 빠졌다.

"뭐야?! 싫어……!"

"히익……! 뭐, 뭐가 어떻게 된 거지?! 경비는?"

두 번이나 폭발음이 들렸으니, 사고나 우연이 아닌 게 틀림없다.

다른 학생도 그것을 눈치챈 것이다. 범상치 않은 사태가 발생했다는 것을 파악한 그들은 패닉에 빠졌다.

"『녀석들』인가……?"

"아직은 뭐라고 말할 수 없어요. 하지만 이대로 있을 수는 없을 것 같군요."

나는 콜레트의 말을 판단할 근거가 부족하다는 이유로 부정하면서도, 십중팔구 틀림없다고 생각했다.

그렇더라도 너무 서두르는 듯한 느낌도 들었다. 그들은 콜레트가 원인 모를 실종을 당하는 것을 '아직 이르다' 며 주저했다. 세계 각국의 귀족 자녀가 모인 장소를 습격하면, 그 실행범은 전 세계에서 공통의 적으로 인식될 것이다.

방식에 일관성이 없는 건 다른 단체라서 그런지, 아니면 그 녀석들도 의지가 하나로 통일되어 있지 않기 때문일까.

어느 쪽이든 간에, 이런 말도 안 되는 짓을 벌이는 녀석이 『달의 신들』 말고도 있을 거라고는 생각하고 싶지 않다고.

"녀석들……?"

"이번 일을 처리하고 나면, 말씀드리겠어요."

이렇게 휘말리고 말았으니, 멜리사에게만 비밀로 할 필요도 없을 것이다. 하지만, 지금은 그런 이야기를 할 때가 아니다.

"저는 무슨 일이 일어난 건지 보고 오겠어요. 콜레트 황녀와 알베르 님은 다른 분들을 진정시켜 주지 않겠어요?"

이대로 피해가 확대되는 것을 보고만 있는 건 바람직하지 않다. 아무튼 『적』을 찾아내서, 쓰러뜨리는 것이다.

그러기 위해서라도, 더는 피해가 발생하지 않도록 알베르와 콜레트에게 식당에 있는 이들을 진정시켜 달라고 부탁했지만

―.

"무슨 소리를 하는 것이냐. 나도 같이 가겠다."

"저도 마찬가지예요. 지금이 바로 특훈의 성과를 보여줄 때라

고요!"

예상은 했지만, 두 사람은 나를 따라오겠다고 했다.

빌어먹을.

"저기 말이죠……."

"왕족이니 물러나 있으란 소리는 하지 마라. 그렇게 치면, 문제가 벌어졌을 때는 네 곁에 있는 게 가장 안전하지 않겠느냐."

콜레트가 그렇게 말하자 알베르도 고개를 끄덕였다.

이것들은 정말. 내가 난처할 때만 이렇게 결탁한다니깐.

하지만 일리가 있는 것도 사실이다. 두 사람이라면 웬만한 조무래기보다는 훨씬 강하니, 내 발목을 잡지는 않을 것이다.

페르만 수준의 녀석이 두 명 이상 나타난다면 이야기가 달라지지만, 그렇게 되면 어차피 나 혼자서는 어쩔 수 없다.

"알겠어요. 말다툼할 시간도 아까우니, 출발하죠."

결국, 나는 의견을 굽히고 두 사람에게 동행을 허락했다.

이러쿵저러쿵하는 사이에, 세 번째 폭발이 발생하면 최악이다.

"……! 저도……."

"멜리사 양은 여기 남아 주세요. 싸우지 못하는 분을 데리고 갈 여유는 없으니, 이해해 주셨으면 해요."

"윽."

아무리 그래도 싸우지 못하는 자를 데리고 갈 여유는 없다.

딱 잘라서 거부 의사를 보이자, 멜리사는 숨을 삼키며 더는 아무 말도 하지 않았다.

"그럼 콜레트 님. 출발 전에 다른 분들이 진정할 수 있도록 한마디 부탁드리겠어요."

"음? 그래, 알겠다── 다들!"

콜레트는 지휘자처럼 과장되게 팔을 쑥 내밀었다.

일갈하는 듯한 그 외침에는 당당한 품격이 어려 있으며, 혼란의 도가니에는 순식간에 정적이 흘렀다.

"갑작스러운 사태에 혼란스러울 것이다! 그러니, 우리가 대표로 교사를 불러오기로 했다! 한동안 조용히 기다리고 있도록!"

콜레트가 그렇게 선언하자 식당이 또 술렁거렸다. 하지만 곧 정적이 감돌더니, 이윽고 그렇게 시끌벅적하던 식당에 정적이 흘렀다.

방금 그 말만으로 사람들을 수습한 것은 카리스마라 해도 과언이 아니리라.

만족한 듯이 웃음을 흘린 콜레트는 반짝이는 눈동자로 나를 쳐다봤다.

"역시 콜레트 황녀세요."

"흐흥, 그렇지?"

이런 면만 없으면 완벽할 테지만, 그건 10년 후를 기대해야 하려나.

하지만 이것으로 식당에 있는 이들이 무의미하게 행동하는 일은 없을 것이다.

즉시 행동에 나서기로 했다.

식당을 나서자, 아무도 없는 복도가 눈에 들어왔다. 평상시에는 오가는 사람이 끊이지 않는 복도에 아무도 없자, 왠지 불길한 느낌이 들었다.

"아무래도, 함부로 돌아다니는 사람은 없는 것 같구나."

"똑똑한걸. 생명의 위험을 이해하고 있다니, 대단하네."

실제로 무슨 일이 벌어졌다면 비명이 들려올 것이다.

그렇지 않다는 건, 함부로 움직이는 자가 없다는 증거다.

생각보다 꼬마들이 똑똑하다는 건 반가운 오산이다. 예정대로, 사태 파악을 위해 움직이도록 할까.

"좋아. 가자. 경계는 풀지 말라고."

"네."

"음."

두 사람에게 주의를 촉구한 후, 걸음을 옮겼다.

자, 대체 뭐가 튀어나올까.

짜증을 드러내듯, 나는 혀를 찼다.

제13화 희곡(戲曲)

"여기도 그런가."

학교 안을 탐색하기 시작하고 얼마 후, 돌아다니는 학생에게는 교실에서 얌전히 있으라고, 교사에게는 학생들을 데리고 조용히 있으라고 말하며 돌아다녔다.

어울리지도 않는 짓을 하며 돌아다닌 2층에서, 나는 낮은 목소리로 중얼거렸다.

내가 보는 곳에는 마력이 담긴 종이——— 마술부적이 있었다.

이것은 술식과 함께 마력을 담아서 마술을 발동시킬 수 있는 마도구 중 하나다.

"불의 마력이 느껴지는구나. 그럼 방금 폭발은……?"

그중에서도 이것에는 불의 마술이 담겨 있었다.

"십중팔구 이 녀석의 짓이겠지."

즉, 아까 폭발은 이것과 같은 종이가 일으킨 것이다.

살펴본 바로는, 부적 앞을 뭔가가 가로지르면 폭발하는 구조일까.

그런 것이 각층 연결 통로에 있는 계단에 설치되어 있었다.

원래라면 퇴로를 끊기 위해…… 설치해야 정상이다.

"어째서 설치하지 않은 장소가 있는 걸까요? 적의 목적을 모르겠어요."

그 점을, 알 수 없었다.

2층을 탐색해 보니, 마치 이곳을 지나가 달라는 듯이 마술부적이 설치되어 있지 않은 계단이 딱 하나 있었다.

"함정이 없는 계단을 다시 조사해 보자."

"해제는 안 할 건가요?"

확인해 보고 싶은 게 생겼다.

그러니 이 계단은 내버려 두고, 아까 발견했던 마술부적이 설치되지 않은 계단으로 향하자고 말했다.

알베르는 발견한 마술부적을 방치하는 것에 의문을 드러냈지만——.

"마술부적 분야로는 전문가가 아니야. 해제하는 데 시간이 걸릴 거야. 게다가……."

"게다가?"

함정을 발견할 때마다 일일이 해제하려면 시간이 아무리 많아도 부족하다.

이런 건 나중에 찾아올 마술 해제 전문가에게 맡기는 편이 확실하다.

내 말에 되물어본 콜레트를 돌아보며 말을 이었다.

"이런 뻔한 마술부적 함정에 걸리는 바보는 흔하지 않을걸. 엄청 눈에 띄잖아. 이런 상황에서 이런 것에 다가갈 생각은 아무도 하지 않을걸?"

"흠. 일리가 있구나. 하지만 공황 상태인 학생이 뛰어올 수도 있지 않겠느냐?"

"그렇다면 지금쯤 사방에서 폭발이 일어났을 거야. 아마 적은 지금 이 자리에서 일을 벌일 생각이 없어."

마술부적은 풋내기도 발견할 수 있도록 설치되어 있다.

마치 출입 금지 표식처럼 말이다.

목숨이 걸린 상황인데 일부러 금기를 어기려고 하는 바보는 흔하지 않을 것이다.

즉, 내가 느낀 위화감은———.

"누군가가, 어딘가로 유도하고 싶어 해. 그게 어디인지, 그곳에 누가 있는지 조사해야만 해."

이 녀석은, 알아보기 힘든 안내판이다.

학원 사람들을 죽일 작정이라면 더 손쉬운 방법이 얼마든지 있다.

마치 장난 같은 이 방법에서, 냉철하기 그지없던 페르만의 방식과 다르단 느낌을 받았다.

진짜로 『달의 신들』 외에도 성가신 단체가 있는 걸까?

의문이 끊이질 않지만, 일단 그것을 조사하기 위해서라도 지금은 『안내판』을 따라갈 수밖에 없다.

"가자."

흉흉한 안내판을 피하며, 멀쩡한 계단으로 향했다.

자, 이 앞에서는 대체 무엇이 기다리고 있을까.

◆

"어렴풋이, 예상은 했지만 말이야."

『안내판』이 안내하는 장소, 아마 그 종점에 도달한 나는 어처구니없다는 듯이 코웃음을 쳤다.

막힌 길을 피해 적의 의도대로 이동해서 도착한 곳은—— 강당이었다.

이 학교에서 가장 많은 인원을 수용할 수 있는 시설이다.

당연히 이 장소를 선정한 건 우연이 아니리라.

"처음부터 이 학원 사람들을 여기에 모으는 게 목적이었다는 건가?"

콜레트의 그 말에, 나는 고개를 끄덕였다.

이윽고 『피난』을 시작할 학교 관계자를 한자리에 모으려는 목적이 대체 뭘까. 한자리에 모아서 한꺼번에 날려버리는 게 목적일까, 혹은 인질로서 감금하려는 것일까?

어느 쪽이든 간에, 제정신으로 할 짓은 아니다.

"그래서 어쩔 거지? 이 앞에서 기다리는 게 우리에게 좋지 않은 무언가라는 것만은 알겠다. 우리 행동이 빨랐던 덕분에, 아직 이 학원 사람들은 아무도 오지 않은 것 같다만——."

"여기까지 왔으니 확인해 보지 않을 수도 없잖아. 어영부영하다간 다른 녀석들이 몰려올 거라고."

함정이 있다는 걸 알면서도 들어가는 건 멍청한 짓이지만, 내버려 뒀다간 언젠가 누군가가 걸려들고 만다. 못 본 척하는 것도 기분 나쁘다.

자, 만약 내가 적이라면——.

손바닥을 든 후, 거기에 마력탄을 생성했다.

평범한, 빛의 힘을 지닌 파괴 에너지다.

——만약 내가 적이라면, 동작 감지 타입의 마술부적을 잔뜩 보여준 후에 마지막에는 접촉을 통해 작동하는 마술부적을 심어둘 것이다.

이 학원 녀석들을 일망타진할 거라면, 그게 최고다.

솔직히 이 함정을 판 자의 의도는 아직 모르겠지만, 안내에 따라 여기까지 온 예의 바른 녀석들과 파티를 하는 게 목적일 리가 없다.

하지만 적의 목적이 일망타진이라면, 이 시점에서 방해받지 않는 것도 이상했다.

성대하게 준비한 이 혼신의 작품을 겨우 세 사람이 망쳐버리는 것을 구경하고 있을 리가 없다.

뭐, 귀족이 다니는 학원을 습격한 시점에서 정신이 멀쩡할 리가 없다. 정신 구조가 다른 녀석들을 아무리 생각해 봤자 시간 낭비다.

"간다?"

내가 작게 신호를 보내자, 두 사람은 고개를 끄덕였다.

세세한 건 뒤로 미루자. 지금은 힘으로 결판을 내 주겠다!

"으랴앗!"

파괴 에너지가 응축된 마력탄을 내던진다.

무거운 철문을 향해 날아간 빛의 탄환은—— 그대로, 문을 날려 버렸다.

"이게, 어떻게 된 거지?"

"아무런 함정도 설치해 두지 않았다, 그런 거 아니야?"

즉, 적어도 문에는 아무 수작도 부리지 않았다는 의미다.

예상이 빗나가자 맥이 빠졌다.

그렇다면 단순한 살육이 목적은 아닌가.

"쳇……."

정말이지 영문을 모르겠다.

짜증을 드러내듯, 거칠게 걸음을 내디뎠다.

"밀레느 님……?!"

이제까지 조심조심 행동하던 내가 함부로 움직이자, 알베르가 놀란 듯한 반응을 보였다.

하지만 여기까지 아무런 함정도 없었던 것을 보면 즉시 목숨을 앗아갈 수 있는 함정을 강당 입구에 설치해 뒀을 것 같지는 않았다.

아니나 다를까, 나는 무사히 강당 안으로 발을 들였다.

"오호라, 이건 소문을 능가하는 미모로군. 이것이 『신의 개』인가!"

그와 동시에, 힘찬 목소리가 울려 퍼졌다.

잘 울려 퍼지는—— 음감 쪽으론 해박하지 않지만—— 테너 같은, 약간 높은 남자 목소리다.

나는 성질이 잔뜩 난 눈으로, 단상—— 목소리의 주인이 있는 장소를 노려보았다.

그곳에는 후드가 달린 로브를 걸친 장신의 남자가 있었다.

눈에 익은걸. 저건 『달의 신들』 녀석들이 걸치는 로브다.

"원래는 만원 관중 앞에서 인사를 할 예정이었는데, 의외로 이런 상황에 익숙해 보이는걸. 응? 『신의 개』── 아니, 밀레느 페투레라고 부르는 게 좋으려나?"

"네놈들이 뭐라고 부르든 신경 안 써."

내 이름을 알고 있는 것을 보면 확정이다.

방식은 페르만과 전혀 다르지만, 이 녀석도 『달의 신들』의 일원── 그것도 간부급일 것이다.

차분한 마력과 빈틈없는 몸가짐을 통해, 얼마나 많은 사선을 경험했는지 알 수 있었다.

"그래도 이해가 안 돼. 이딴 짓에 무슨 의미가 있지? 나를 노리든, 이 학원 녀석들을 노리든, 좀 더 효율적인 방법이 있을 텐데 말이야."

"하하! 네가 그런 소리를 하는 거냐! 그래. 재미있는 캐릭터인걸. 비정상적일 정도로 이런 거친 일에 익숙해 보여."

뭐가 그렇게 재미있는 걸까. 그는 가슴을 짚으면서, 재미있어 죽겠다는 듯이 웃음을 터뜨렸다.

나는 전혀 재미없는데 말이다.

"상상을 초월하는군. 비현실적일 정도의 미모와 불균형하기 그지없는 당당함. ──아름다운걸. 이렇게 아름다운 존재는 처음 봤어."

"칭찬 고맙네."

"그 아름다움에 경의를 표해, 의문에 답해 주도록 하지."

하지만 이 녀석도 페르만과 마찬가지로 수다를 좋아하는 것 같았다.

종교가란 것들은 말을 하는 게 일인 것처럼 수다스럽다.

"딱히 큰 의미는 없어. 나는 네 시체를 가지고 돌아갈 목적으로 이 학교에 왔지만—— 재미있는 행사가 열린 것 같아서 말이지. 귀족 자녀 여러분에게 재미있는 희곡을 하나 선물하려고 했을 뿐이지."

알아듣지 못할 소리를 늘어놓는 점까지 세트인 것 같지만.

정말 구역질이 난다. 나로서는 얌전히 있어 주는 게 가장 고마운데 말이다.

"부담스러운 선물인걸. 쓰레기는 안 받는다고."

"너무 그러지 마. 이래 봬도 얼마 전까지는 천재 극작가로 이름을 알렸거든? 어이쿠, 그러고 보니 아직 자기소개를 안 했는걸."

헤실거리는 웃음이 질색이다.

인상을 쓰고도 남자가 후드를 벗기만 기다리자, 어둠 속에서 모습이 드러난 것은 상당한 미남이었다.

"나는 빅토. 빅토 루드랜드. 전직 극작가이자 배우였고, 지금은 『달의 신들』에서 대사를 맡고 있지."

남자는 자기를 『빅토』라고 소개한 후, 직함도 밝혔다.

"간판이 너무 많잖아."

"하하! 호기심이 왕성한 편이라서 말이지."

 이름은 들어본 적이 없지만, 줏대 없는 녀석이라는 것만은 이제까지의 발언만으로도 충분히 알 수 있었다.

"빅토……?"

 하지만 뜻밖의 상황이 벌어졌다.

 믿기지 않는다는 듯이, 알베르가 그 이름을 중얼거린 것이다.

"아는 이름이야?"

"네. 본인이 말한 것처럼, 천재로 이름을 널리 알린 극작가예요. 하지만……."

 알베르가 머뭇거리면서 한 말에 따르면, 아무래도 아까 한 말은 자칭이 아닌 것 같았다.

 하지만 중요한 건 그게 아니다. 미친 녀석이 과거에 극작가였다는 정보는 아무래도 상관없다.

"그는 연극 도중에 벌어진 대량 살인을 이유로 투옥됐어요. 극작가보다도, 살인귀로 더 유명할 정도죠."

"좀 듣기 거북한 이야기지만, 이르타니아의 왕자님께서 나를 알고 있다는 건 영광인걸."

 ──살인귀. 선생에 비하면, 훨씬 그럴싸한 전직이라는 생각이 들었다.

 투옥됐었다는 걸 보면, 어딘가에서 탈옥했으리라. ──어쩌면 『달의 신들』이 탈옥을 도운 것일까? 아니, 거기까지 단정하기엔 아직 이르다.

"그러서. 참 번거로운 방식을 취하는 것 같은데, 그것도 『극작가』라서 그런 거냐?"

"그래! 음, 예술도 해박해 보이는걸. 교양이 있다는 건 참 멋진 일 아닌가?."

"켁, 공교롭게도 예술 같은 건 젬병이야. 네 넋두리도 전혀 이해 안 된다고."

빅토는 기쁜 듯한 표정을 지었다. 하지만 닮은꼴 취급을 받고 싶지는 않았다.

하지만 이 녀석은 다른 『달의 신들』의 녀석들과는 좀 달랐다.

그 녀석들이 나에게 보이는 경멸이나 혐오감이 느껴지지 않았다. 딱히 중요한 건 아니지만 말이다. 대놓고 '죽이러 왔습니다' 라고 선언한 상대다. 나로서는 적당한 선물을 쥐여 준 다음에 딱 어울리는 장소로 돌려보낼 수밖에 없다.

거기가 감옥일지, 저승일지는 이 녀석의 태도에 달렸지만.

"쳇. 뭐, 좋아. 나한테 볼일이 있는 거지? 빨리 시작하자고."

마력을 두르자, 힘의 여파에 의해 바람이 휘몰아쳤다.

쓸데없이 시간을 끌어서 일이 복잡해지는 건 사양하고 싶다. 최대한 빨리 마무리 지을 생각이다.

무기가 없는 게 좀 아쉬운걸. 축제 날에 무기가 필요해질 거라고는 생각도 못 했으니 어쩔 수 없다.

"오오, 용감한걸. 그야말로 발키리 같군. 역시 내 예감은 빗나가지 않았어."

"네놈들 신의 힘은 안 빌려도 되겠어? 봐주지 않을 거라고."

주먹을 쥔 후, 언제든 달려들 수 있게 전투태세를 취했다.

"어이어이, 성급한걸. 뭐, 좋아. 너무 질질 끌어도 우스꽝스
러울 테니 말이야."

빅토는 난처한 듯이 웃은 후, 팔을 들었다.

마술을 쓰는 건가 했지만—— 그렇지 않았다. 그저, 손가락을
튕겼다.

아니, 이건 신호다.

강당의 무대 뒤편에서, 한 남자가 모습을 드러냈다. 까까머리
에 우락부락한 남자다.

동료가 있는 건가. 보아하니 이 대머리도 꽤 강해 보였——.

『적』의 전력을 파악하고 있을 때, 눈에 들어온 것을 본 나는
자기 눈을 의심했다.

"……윽, 밀레느……."

『달의 신들』측의 새로운 적은 한 소녀를 끌고 왔다.

풍성하고 부드러워 보이는 머리칼을 휘날리고 있는, 조그마
한 소녀를 말이다.

"멜리사……?! 어이, 네가 왜 여기에……!"

"너희를 찾으려고 복도를 돌아다니고 있었지. 그때, 이 소녀
와 너희가 친하다는 보고를 받았던 게 생각났거든. 이 희극의
등장인물로 삼기로 한 거야."

멜리사 튜리오. 드디어 화해한 『이르타니아의 무녀』가, 적의
손아귀에 들어가고 말았다.

"이 자식, 비겁하게도 인질을……!"

분노한 콜레트가 고함을 질렀다.

하지만 빅토는 아랑곳하지 않으며 손을 펼쳤다.

"어이, 넘겨짚지 말라고. 그딴 허술하기 짝이 없는 각본을 내가 쓸 리 없잖아?"

빅토가 시험하듯 나를 쳐다보자, 다른 이들의 시선이 나에게 쏠렸다.

나는 대답 대신 혀를 찼다.

"그럴 줄 알았어. 기쁜 오산인걸. 저 아가씨는 어리석은 인간이 아니야. 매우 합리적인 사고방식을 지녔지. 즉―― 인질을 잡아봤자, 자기가 죽은 후에 친구가 무사할 거란 보장이 없다는 데까지 생각이 미친 거야. 즉, 이 자리에서 인질로 잡을 가치가 없는 거지."

빅토의 말이 옳았다.

멜리사가 인질로 잡힌 탓에 시키는 대로 한들, 콜레트와 알베르, 멜리사의 안전이 보장되지 않는다.

그렇다면 나는 멜리사를 버리는 한이 있더라도 저 기생오라비를 날려 버려서 콜레트와 알베르의 생명을 확실히 지키는 쪽을 선택한다.

"안 그래? 그러니…… 무대장치가 아니라, 이 소녀 또한 이 희극의 등장인물로 삼을 거야."

빅토가 손짓하자 덩치 큰 사내가 그 곁으로 멜리사를 데려갔다.

빅토는 자기 곁으로 온 멜리사를 향해 손을 내밀었다. 그 손에―― 아마도 번개의―― 마력이 깃들었다.

멜리사가 공포에 질려 눈을 부릅떴다.

"이상한 짓 하지 말라고!"

확실히 나는 여차하면 생명의 취사선택을 할 수 있다. 그건 틀림없다.

하지만 가까운 사람을 아무렇지 않게 내버릴 만큼 달관하지도 않았다.

팔에 마력을 모아서, 단상 위에 있는 빅토를 향해 날렸다.

"앗…… 아, 아아아아아앗?!"

하지만 한발 늦었다. 빅토의 손이 격렬하게 빛나더니, 멜리사는 비명을 지르면서 실이 끊긴 인형처럼 무너졌다.

빌어먹을. 나는 혀를 차면서 빅토를 향해 주먹을 내질렀다.

"어이쿠!"

하지만 빅토는 지면을 박차더니, 멜리사를 내버려 둔 채 뒤쪽으로 물러났다.

목표를 잃은 주먹이 그대로 지면에 꽂히면서, 나무판자를 박살 냈다.

나는 이어서 돌려차기를 날렸다. 하지만 이 공격 또한 빅토는 몸을 회전시키며 피했다.

"이 망할 자식, 절대 용서 못 해……!"

숨김없는 분노를 시선에 담아서 보냈다.

전투 중에 화내도 되는 순간 같은 건 없다. 마력이란 것은 마음의 힘에 응해 증폭되지만, 그것은 휘몰아치는 폭풍과 마찬가지다. 커다란 힘일지라도 제어할 수가 없다면 의미가 없는 것이다.

그렇기에 지금도 마음속 깊은 곳은 침착했다. 화는 한 번만 내면 되며, 한탄은 나중에 하면 된다.

이 녀석을 죽이지 않으면, 그 감정에 의미를 부여할 수 없다.

"어이쿠, 무서워라. 하지만 너무 성급하게 생동하는걸. 괜찮겠어? 그렇게 화낼 만큼은 가까운 사이인 거잖아?"

하지만 히죽거리는 빅토가 그렇게 말하자 나는 발치에 있는 멜리사를 쳐다보았다.

눈을 감은 멜리사의 가슴이 호흡에 맞춰 희미하게 들썩였다.

──살아 있다! 무심코 몸을 웅크리며, 그녀를 안아 올렸다.

"매정한가 했더니, 꽤 동료를 아끼는걸."

도발에 귀를 기울이지 않는 한편, 적의 움직임에서도 시선을 떼지 않으면서 멜리사가 무사한지 확인했다.

아마 방금 맞은 건 전격 마술일 것이다. 대미지가 어느 정도인지는 알 수 없지만, 숨을 쉬는 것을 보면 치명적인 대미지를 입은 것 같지는 않았다.

하지만 왜 살려둔 것일까? 빅토는 자기를 『대사』라고 칭했다. 페르만과 같은 수준의 힘을 지녔다면, 순식간에 멜리사를 죽여버릴 수 있을 것이다.

"더욱 마음에 드는걸, 밀레느. 『달의 신들』 사람들은 구역질이 난다고 말하지만, 나는 극작가의 직업병 때문인지 너처럼 영웅적인 인물을 꽤 좋아하지. 그러니까 이런 수단이 먹히거든."

"뭐? 어이, 무슨 소리를── 윽?!"

그렇기에, 눈치챘어야만 한다.

일부러 멜리사를 살려서 나한테 돌려준, 그 의도를 말이다.

"아, 아아아아아아아앗!"

귓가에서, 찢어질 듯한 여자의 비명이 들려왔다.

"밀레느!"

"밀레느 님!"

그와 동시에, 콜레트와 알베르가 외치는 소리가 들려왔다.

순식간에 그 두 가지를 연결 지은 건, 분명 감일 것이다.

반사적으로 시선이 향한 곳은, 적이 아니다. 손으로 안고 있는 멜리사를 향했다.

그러자 마력을 뿜으며 손톱을 휘두르려 하는 멜리사의 모습이 눈에 들어왔다.

"?!"

나는 손을 떼고 얼굴을 돌렸다. 마력 칼날이 된 멜리사의 팔이, 한발 늦게 내 얼굴이 있던 곳을 지나갔다.

뺨에 한줄기 붉은 선이 생겼다.

방심했다. 한순간만 늦었으면, 두 번 다시 보고 싶지 않은 면상이 됐을 것이다.

멜리사는 낙법도 하지 않으며, 팔을 휘두른 자세 그대로 바닥에 쓰러졌다. 하지만 전혀 아랑곳하지 않는 것처럼, 그 몸을 등불처럼 흔들어대고 있었다.

"후욱! 후욱!"

몸을 일으킨 멜리사는 이빨을 드러내더니, 몸속의 공기를 쥐어짜듯 숨을 쉬었다.

그 표정에 어린 것은 격렬한 분노였다. 마치 동물 같다. 아니, 딱 봐도 이성을 잃은 게 분명해 보이는 저 상태는 짐승이라고 표현하는 게 적절할지도 모른다.

"이게 대체……?!"

"하하! 마음에 들었나! 본능을 해방해 한계 이상의 힘을 끌어내는 『뇌조사(腦繰絲)』다! 동료를 버릴 수는 있더라도, 때릴 수도 있으려나?!"

믿기지 않지만, 멜리사는 빅토의 마술에 조종당하고 있는 것 같다.

그런 마술은 본 적도, 들은 적도 없다.

"아아앗!"

"쳇……!"

하지만 현재 멜리사는 살의를 뿜으며 덤벼들고 있었다. 눈앞에서 벌어진 일은 받아들일 수밖에 없다.

멜리사는 동물처럼 힘에 의존해 손톱을 휘둘러댔다. 한계 이상의 힘을 끌어낸다는 말 또한 허풍은 아닌 것 같았다. 훈련 때보다 훨씬 빠른 속도와 강렬한 마력이 느껴졌다.

그 대신, 움직임은 지극히 단순했다. 눈에 들어오는 『적』에게 덤벼들기만 하는, 반사적인 움직임── 피하는 건, 숨 쉬는 것만큼 간단하다.

"큭……?!"

그것도 방해받지 않는다는 가정하의 이야기지만──!

갑자기 다리에서 극심한 통증이 느껴졌다. 독침에 찔린 듯한 고통이다. 고통의 시작점에서, 몸이 타들어가는 듯한 아픔이 전해져 왔다.

이것은 경험이 있다. 번개 마법에 의한 대미지다.

"이 자식……!"

"나를 잊으면 곤란하지. 안중에 없는 것처럼 무시당하면, 샘나거든. 뭐, 애먹는 심정은 이해가 돼. 저 엄청난 마력은 역시 『이르타니아의 무녀』답다고나 할까?"

당연히 멜리사와 노닥거리느라 빈틈투성이인 나를 내버려 둘리가 없다.

이러는 사이에도 멜리사가 팔을 휘두르며 달려들었고, 빅토는 번개 바늘을 날렸다.

"밀레느!"

"멜리사 양은, 저희가──."

멜리사를 저 두 사람에게 맡기는 게 최선이겠지만──.

"그렇게 둘 것 같나?"

적은 한 명 더 있었다.

우락부락한 남성이 알베르와 콜레트를 막아섰다.

빅토에게 부하처럼 부려지고 있지만, 몸놀림과 눈매가 상당한 강자라고 자기소개를 하고 있었다.

웃음이 날 정도로 상황이 나빴다. 빌어먹을!

"젠장! 정신 차리라고……! 크윽!"

멜리사의 무식한 공격은 평범하게 막아낼 수 없을 정도의 위력을 지녔다.

피하는 건 쉽지만, 그 틈에 빅토가 교묘하게 공격을 펼쳤다.

"윽……."

"쳇, 묵직하구나……! 알베르, 무리하지 마라!"

그리고, 도움을 기대할 수도 없었다.

의지할 생각이었던 건 아니지만, 알베르와 콜레트는 힘을 합치면 상당한 수준이다. 그런 두 사람이 힘을 합쳐야 저 사내를 겨우겨우 상대할 수 있다는 건 오산이었다.

덩치 큰 사내가 검을 휘두르자, 공격을 막아낸 콜레트의 몸이 흔들렸다. 마력의 양을 생각하면 알베르가 저 공격을 막아내긴 어려우리라. 그렇다면 콜레트가 공격을 막아내면서 알베르가 그 틈을 노린다고 하는, 평소와 반대의 연계를 펼쳐야만 한다.

어떻게든 돌파구를 찾아내야 하겠는걸.

"나쁘게 생각하지 말라고!"

게다가 우선, 멜리사를 재워야만 한다.

힘을 조절하면서 멜리사의 턱에 주먹을 꽂았다. 머리에 충격을 가해서 의식을 빼앗는, 그것이 가장 무난한 방법이라고 판단했다.

하지만——.

"젠장, 얌전히 잠들면 되는데……!"

"하하, 쓸데없는 짓이야! 강렬한 각성 상태인 만큼, 웬만해서는 의식을 잃지 않지!"

나는 빅토가 희열에 젖은 목소리로 외치며 날린 번개 바늘을 피했다.

열받는 일이지만, 이 녀석은 놀고 있다.

마음만 먹으면 일격에 나를 죽일 수 있을 것이다. 그런데도 그러지 않는 건──.

"멈추고 싶으면 죽이는 게 손쉬울 거야! 아니면 다리를 부숴 버려도 되겠지! 어차피 고통을 느끼지 못하거든!"

내가 멜리사를 죽인다고 하는 『이야기』── 저 자식이 말하는 『희극』을 추구하고 있는 것이다.

이렇게 되니, 절대 그러고 싶지 않다는 고집이 생겨났다. 어쩌면 내가 이런 고집을 부리도록 유도한 것일지도 모르지만──.

"큭……!"

여전히 심술궂기 그지없는 타이밍에 『바늘』이 날아오고 있었다. 한동안 나를 괴롭히며 즐길 생각인 것 같았다.

아무튼, 좋지 않은 상황이다. 타개책을 찾을 수가 없다.

이 상황이 계속 이어진다면 바늘에 입은 대미지도 무시할 수 없을 만큼 커질 것이다. 그리고 빅토가 변덕을 부리면 그것으로 끝장이다.

뭔가 방법이 없을까. 정말 『최후의 수단』을 선택할 수밖에 없는 걸까──?

"밀레느으으으!!"

고통을 견디듯 눈을 가늘게 뜬 순간, 강당 안에 고함이 울려 퍼졌다.

의식만 콜레트에게 기울이면서 다음에 이어질 콜레트의 말을 기다렸다.

"반드시, 우리가 어떻게든 하겠다! 그러니 우리를 믿고 기다려라! 빈정거리면서 말이다!"

"……!"

격렬한 금속음에 섞여 들려온 것은, 견디라는 요구였다.

말은 참 쉽다. 자기들 앞가림만으로도 버거우면서 말이다.

하지만 믿으란 말은—— 꽤 괜찮은 작업 멘트였다.

"쳇. 나는 이래 봬도 상류층 아가씨라고! 너무 오래 기다리게는 하지 마!"

"참으로 재미있는 농담을 하는구나! 그러면 된다!"

예전 역사에서는 직업상 집단행동을 할 때가 많았지만, 생각해 보면 누군가를 신용한 적은 없었던 것 같다.

끝까지 믿을 사람은 나밖에 없다며, 그렇게 『끝』까지 살았지만—— 두 번째 인생에서는 예전에 안 하던 짓을 해 보는 것도 재미있을지 모른다.

멜리사가 휘두른 손톱을 회전하듯 피한 후, 그 기세를 이용해 번개 바늘을 쳐냈다.

마력으로 손을 보호해도, 마법탄의 위력과 전격 탓에 손이 저렸다.

검이 있다면 조금은 낫겠지만 말이다. 미련을 느끼며 마음속으로 그런 푸념을 늘어놓으면서도 입꼬리가 올라갔다.

그저 기다린다고 하는 것에 익숙하지는 않지만, 의외로 나쁘지 않았던 것이다.

"그래, 그렇게 나오는 건가! 역시 너는 지루하지 않은걸, 밀레느! 그래, 그 혼돈^{카오스}이야말로 진정한 이야기다!"

"시끄러워. 재미없는 삼류 각본이나 써대고 말이야."

그렇다. 화내지 마라. 초조해하지 마라. 싸움은 야유나 날리는 정도가 딱 좋다.

멜리사의 움직임을 피부로 느끼면서, 빅토가 날린 마력에 의식을 집중했다.

낭비를 줄이고, 하나의 움직임을 다음 움직임으로 이어간다. 그런 물 흐르는 듯한 자연스러운 회피를 의식했다.

아이러니하게도, 그것은——.

"아름다워……! 그야말로 춤! 극한까지 낭비를 줄인 완성품은, 이렇게나——!!"

춤사위에 가까웠다.

흥분할 대로 흥분한 저 자식을 보니 화가 났지만, 이대로라면 버틸 수 있을 것 같았다.

"더, 더! 아아, 새로운 경지가 보일 것만 같아——! 그래, 이것은 연극과 음악의 융합——!"

스텝 하나하나에 호응하듯, 번개를 날렸다.

빅토가 흥분한 탓인지, 번개는 바늘이 아니라 망치가 되어 굉음을 내기 시작했다.

정말 쓰레기 같은 호응이다. 말과 행동이 정반대다. 이게 무대라면, 배우에게 돌을 던지는 거나 다름없는 행위다.

하지만 극도의 집중력을 통해, 그 마력을 피부로 느꼈다. 몸이 자연스럽게 움직였다.

그래. 요령을 파악했어.

끊이지 않고 이어지는 무형의 춤. 그것은 짐승의 체술과 상통하는 면이 있었다. 이제까지는 효율적으로 적을 죽이는 것만을 목적으로 삼은 움직임을 펼쳤지만—— 회피를 중점에 둔 방어, 이런 방식도 있다는 것을 새롭게 발견했다.

하지만 그것도 저 자식이 마음을 바꿔먹으면 끝이다. 마음만 먹으면 이 강당을 깨부수는 마술을 펼칠 수 있을 것이다.

그렇게 되기 전에—— 콜레트 일행을 힐끔 쳐다봤다.

덩치 큰 사내의 공격을 콜레트가 막아내고, 바람의 마력으로 춤추는 알베르가 과감히 공격을 펼쳤다.

가능하면 빅토가 다른 행동을 취하기 전에 저 대머리를 쓰러뜨려서 멜리사를 맡길 수 있다면 상황이 호전될 것이다.

하지만 그렇게 되지 않도록, 빅토가 그 전에 결판을 내려고 할지도 모른다.

"대사님……! 더는 막을 수 없습니다! 서둘러 결판을 내 주십시오!"

"시끄럽긴. 지금 딱 좋은 참이라고! 방해하지 마! 지금 나는 새로운 연극의 형태로 이어지는 문을 열려고 한단 말이다!"

하지만 그렇게 되지는 않았다.

『달의 신들』치고는 이상한 구석이 있지만, 이 빅토란 남자도 상당한 괴짜다. 아니, 미쳤다고 표현해야 할까—— 혹은, 그것만이 이 녀석들의 공통점일지도 모른다.

——조금이지만, 활로가 보이기 시작하는걸.

한동안, 이 놀이에 어울려줘야겠다.

"커억……!"

"그러면 안 되잖아, 밀레느! 그게 아니야! 좀 더 아름다우면서 스마트하게 해봐!"

하지만 빛과 같은 속도로 날아오는 공격을 피하는 것은 쉽지 않았다.

때때로 위력이 더욱 강한 번개 망치가 내 몸을 강타했다.

하지만 견딜 수 있다. 이 너머에 가능성이 있음을 아니까…….

『부질없는 노력』의 허무함은 알고 있다. 그러니, 그저 기다리기만 하면 된다.

조그마한 싹이 머잖아 열매를 맺을 것을 아는 것이다.

"큭…… 빅토 대사님!"

"아~ 되게 시끄럽네. 너도 『달의 신들』의 일원이라면 대범하게 행동하라고. 예측하지 못하는 전개도 『혼돈』이잖아?"

콜레트와 알베르가 밀어붙이고 있는 건지, 대머리의 목소리에서 여유가 사라졌다.

강해졌다고 생각했지만, 두 사람은 내 예상을 넘어선 것 같다.

이 상황에서도 빅토는 나에게 열중하고 있는지, 부하한테는 전혀 관심을 주지 않았다.

"어이, 괜찮은 거야? 네 부하잖아."

"하하, 애초에 신앙심이 깊은 편이 아니거든! 나는 그저 궁극의 아름다움을 보고 싶을 뿐이지! 너와의 이 한때에 비하면, 다른 건 전부 티끌에 불과해!"

"이놈, 대사면서 그딴 소리를……! 이르타니아의 개에게 넘어간 것이냐!"

아무래도 『달의 신들』 소속인 두 사람의 부하와 상사란 관계는 무너진 것 같았다. 덩치 큰 사내는 저주를 퍼붓듯이 고함을 질러댔지만, 빅토는 전혀 아랑곳하지 않았다.

적어도 빅토는 목적이 일치해서 달의 신들에 속해 있을 뿐인 것 같다. 목적이 일치하는 것만 봐도 정상인이 아닌 게 틀림없지만.

"젠장, 젠장! 한 나라의 왕자란 자가 여자 뒤에 숨기나 하고, 찌질하구나!"

"인질이나 잡는 사람에게 그딴 설교를 듣고 싶지는 않군요!"

"게다가 우리는 언젠가 왕이 될 자다. 가장 현명한 방식을 취하는 게 의무지."

"써먹을 수 있는 카드는 뭐든 써라. 그게 밀레느 님의 가르침이에요!"

어쭙잖은 독설에도, 알베르와 콜레트는 태연하게 반박했다.

검이 부딪치는 소리가 더욱 격렬해지더니—— 이윽고…….

"이르타니아! 빅토! 네놈들 전부, 지옥에나 떨어져라!"

드디어 그 순간이 찾아왔다.

유감스럽게도 내가 느낄 수 있는 건 소리뿐이다.

——바람이 격렬하게 부는 소리가 들리더니, 단말마의 외침이 들려왔다.

결판이 났다.

"밀레느 님!"

"이쪽은 끝났다! 멜리사는 우리가 맡으마!"

"고마워……!"

승리의 함성을 지를 새도 없이, 내 양옆을 지나친 콜레트와 알베르가 멜리사를 막아섰다.

두 사람의 몸 곳곳에는 상처가 났고, 체력을 많이 소모한 건지 격렬하게 어깨를 들썩이고 있었다.

그만큼 힘든 싸움을 치른 것이다. 나중에 무용담을 안주 삼아 술이라도 한잔하고 싶지만, 이 나라는 미성년자의 음주에 엄격해서 그럴 수 없다.

하지만 그 전에── 맛있는 술을 마시기 전에, 해결해야 할 일이 있다.

내 시선이 빅토를 향했다.

아직 단상에서 우리를 내려다보고 있던 빅토의 얼굴에 매서운 미소가 어렸다.

"멋지군. 정말 멋진 이야기야. 눈물마저 날 것 같은걸."

말 그대로 눈가가 촉촉해진 빅토가 손뼉을 쳤다.

이 남자에게, 이제까지의 모든 일은 자기가 만든 연극 내용일 뿐이리라.

──그리고, 이제부터도 말이다.

저 자신만만한 태도는, 여유에서 비롯된 것이다.

이 녀석은 아직 진짜 실력을 드러내지 않았다. 그렇다면 지금까지는 그저 전초전에 지나지 않는다.

"즈리 디엔이여! 나에게 힘을 빌려다오——! 함께, 최고의 최후의 이야기를 만들자……!"

『신의 힘』으로 모든 것을 부질없게 만드는 제2막. 그것이야말로, 이 녀석의 목적이다.

새 인간이 새겨진 메달을 들자, 뇌광이 빅토의 몸에서 뿜어져 나왔다.

휘몰아치는 폭풍이 잦아들자, 딱히 달라진 구석이 없는 빅토가 천천히 눈을 떴다.

겉모습에서 달라진 점은 머리카락이 곤두선 것뿐이지만, 눈이 새빨개진 페르만이 훨씬 얌전해 보였다.

"자, 제2막을 시작할까. 갑작스럽게 찾아온 죽음, 그것이야말로 가장 압도적으로 아름다운 현실이지."

고귀한 자의 손을 잡듯, 빅토가 손을 내밀었다.

압도적인 마력 앞에서, 나는 뺨에서 피를 손가락으로 훔쳤다.

"너도 신의 힘이란 걸 빌린 거냐. 그런 것치고는 바치는 게 너무 쪼잔한 거 아냐?"

"아, 페르만 씨와 비교하는 거야? 그건 신과의 상성 덕분이지. 나와『즈리 디엔』은 상성이 매우 좋거든. 마음이 참 넓은 녀석이라, 부탁만 해도 이렇게 힘을 빌려줘."

오호라. 신과 사이가 좋을수록 마음 편히 힘을 빌릴 수 있다는 건가.

페르만도 편히 눈을 감지 못하겠는걸. 그가 눈을 뭉개고 얻은 힘보다, 이 녀석이 말 한마디로 빌린 힘이 더 크니까.

"그러냐."

하지만 그건 아무래도 상관없다.

방금 질문은 별생각 없이 던진 것이다. 상대가 수다쟁이라 답을 들었지만, 못 들었어도 문제 될 건 없다.

"참 무덤덤한걸. 너라면 힘의 차이를 모르지 않을 텐데? 체념……은 아니로군. 너는 그럴 사람이 아니지."

"잘 아네."

"흐음. 혹시 승산이 있는 걸려나?"

"그딴 거 없어. 그저……."

"그저……?"

그야말로 신과 같은 힘을 얻어서 그런지, 빅토는 꽤 차분한 어조로 말했다.

그 말대로, 힘의 차이는 실감하고 있다. 하지만 포기한 것도 아니다.

적이 강하든 말든 상관없다.

단순한 이야기다. 바아아아안드시 저 자식을 두들겨 패줘야 직성이 풀릴 것 같다.

무슨 일이 있더라도, 느끼한 미소를 짓고 있는 저 면상에 주먹을 꽂아주고 싶다.

그건, 이미 결정된 사항이다.

솔직히 말해──.

"네놈만은, 절대로 용서 못 해……! 무슨 수를 써서라도 직성이 풀릴 때까지 두들겨 패주마! 그것뿐이야!"

인질을 잡은 그 비열함에, 장난삼아 멜리사와 싸우게 한 음습함에, 성질 긁는 공격만 해대는 그 집요함에!

저 느끼한 낯짝에, 과장된 대사에, 더럽게 지루한 『각본』에!

화가 머리끝까지 치솟아서 천장을 꿰뚫어버릴 만큼——.

"완! 전! 히! 열이 뻗쳤다고, 나는!"

——열받고 말았다.

상대가 누구든 좋다. 다시는 입을 놀리지 못하게 밟아 주마!

분노를 표현하듯 두 주먹을 쥐고, 마력을 쥐어짰다——!

구현된 새하얀 마력이 피어오르더니, 그 끝부분이 붉게 타오르는 불꽃으로 변했다.

그 색깔은 마치——.

"스루베리아의 빛깔을 띤 마력——! 아니, 이 위급한 상황에서 『신내림』을 해낸 거냐! 정말 대단한걸!!"

스루베리아의 꽃을 연상케 했다.

분노에 호응해서—— 아니, 그것만이 아니다. 『무언가』의 힘이 흘러들어오는 것처럼, 엄청난 힘이 샘솟았다.

나 자신도 의아해서, 그 힘을 확인하듯 손을 쥐락펴락했다.

흥분한 빅토가 뭐라고 소리치고 있는데—— 『신내림』? 뭔지 잘 모르겠지만, 지금이라면 될지도 모르겠다.

"각오는 됐냐, 이 느끼한 자식아."

"하하! 됐고말고. 함께 아름다움의 정점을 찍자——!"

흥분한 탓에 목소리가 갈라진 빅토가 두 손을 펼쳤다.

나는 그 모습을 차가운 눈길로 조용히 응시했다.

제14화 신화(神話)

폭발적으로 부풀어 오른 마력이 격돌하면서, 쇠줄이 맞부딪치며 갈려 나가는 소리가 울려 퍼졌다.

신의 힘이 내렸다는 빅토와 나는 눈싸움을 이어갔다.

"안 덤빌 거냐."

인내심이 바닥난 내가 묻자, 빅토는 입꼬리를 올리며 답했다.

"그만큼 경계하는 거야. 긴장을 풀었다간 순식간에 끝나버릴 것 같거든."

그렇군. 격분하며 달려들었던 페르만과 다르게 참으로 차분해 보인다.

공격적으로 솟구친 머리카락과는 정반대로, 아까보다 차분해 보이는 것은 대체 어떤 작용 탓일까.

아무튼, 쉽지 않은 상대라는 건 알겠다.

이성을 잃고 돌진해 준다면 대처하기 참 편했을 텐데.

그런 의미에서도, 이 남자는 페르만보다 급이 높다는 사실을 짐작할 수 있다.

관찰을 계속해 나가다 보면 그 밖에도 이것저것 알 수 있을 것 같지만——.

"너야말로 괜찮겠어? 소모전이 되면 네가 불리해질 거라고 예상하는데. 이대로 시간을 다 날리는 건 너무 시시한 결말일 것 같아."

아무래도 내 마력은 무한하지 않은 것 같다. 하지만 평소에 비하면 무한하다 해도 과언이 아니었다.

시간을 다 날리면 시시하다. 그렇게 말하면서도, 빅토는 그것을 마다하지 않을 자세다. 그렇다면 내가 움직일 수밖에 없다.

아무렴 어때. 정체도 모를 힘이 갑자기 샘솟은 상황이다. 차근차근 파악해 나가기로 했다.

손바닥 위에 마력탄을 생성한다. 크기는 주먹만 하지만, 조그마한 태양을 쥐고 있는 듯한 열기가 느껴졌다.

그것을, 아무렇지 않게 던졌다. 자, 어떻게 반응할까.

빅토가 서 있는 장소를, 파괴의 에너지가 덮치려고 하는 그 순간——.

"쳇……."

어깨에서 희미한 통증을 느끼고 그쪽을 쳐다봤다. 살갗만이지만, 베였다. 희미하게 저린 느낌이 드는 것을 보면 틀림없다. 빅토의 힘이다.

등 뒤에서 기척이 느껴져서 돌아보니, 막 착지한 짐승 같은 자세를 취한 빅토가 천천히 몸을 일으키면서 나를 향해 고개를 돌리는 모습이 눈에 들어왔다.

빠른걸. 눈으로 좇는 건 불가능하다. 그야말로 번개 같은, 움직이는 순간조차 감지할 수 없는 속도였다.

"하하, 진짜야? 겨우 생채기만 난 거야?"

뜻밖인 건 상대방도 마찬가지인 듯하다.

경악 속에 희열을 드러내며, 이를 훤히 보였다.

아니, 송곳니인가. 미세하지만 신체에도 변화가 나타난 것 같다.

뭐, 그건 사소한 일이다. 인간으로선 있을 수 없는 마력을 몸에 두르고 있으니 말이다. 내용물이 마물—— 아니, 사신(邪神)이라면 겉모습은 아무런 의미도 없다.

한없이 냉정해진 마음으로, 주먹을 쥐었다.

눈에 보이지 않을 만큼 빠르다는 건 알았다. 그렇다면 다른 방법을 생각할 뿐이다.

공격 의지를 보이자, 빅토의 시선이 아주 조금 움직였다. 그와 동시에 얼굴을 옆으로 옮기자, 머리카락이 희미하게 잘려 나갔다.

시선의 움직임과 마력의 감지로 사전에 공격을 감지한다. 번개 마술사와 싸울 때의 기본이다.

"어이어이어이, 대체 얼마나 많은 사선을 헤쳐온 거냐고. 넌 대체 정체가 뭐야?"

뭐, 그것을 아는 자는 많지 않지만.

빅토는 식은땀을 흘리며 그렇게 물었지만, 대답해 줄 의리는 없다.

그것보다——.

아직, 주먹을 꽂아 주겠다는 맹세를 지키지 못했다. 몸을 가볍게 움직이며, 지면을 박찼다.

"매정한걸!"

장난스럽게 떠들면서 번개의 마력을 충전하는 빅토.

이 느낌은 아까 본 고속 이동이다.

하지만 내가 더욱 강한 마력을 두르고 있다는 것을 알기 때문인지, 돌진하려는 기척이 느껴지지 않았다.

그의 몸이 연한 보라색으로 빛나더니, 박수 소리 같은 것을 남기며 사라졌다——.

하지만 시선과 마력의 질주로 어디로 향했는지 파악했다. 정확한 위치는 모르지만, 방향만 알면 충분하다.

"뒈져버려!"

주먹에 모은 마력을 탄환 형태로 발사했다. 방향만 알고 있으면, 장거리 공격일 때는 거리가 멀든 가깝든 큰 문제가 되지 않는다.

"아니⋯⋯!"

당황한 건지 숨을 삼키면서도, 빅토는 팔을 교차해서 마력을 둘렀다.

접촉한 빛의 마력탄이 격렬한 빛을 뿜으며 터졌다.

자, 일반적이라면 몸을 싹 날려도 이상하지 않다. 팔 한두 짝은 날아가는 게 당연한 위력일 테지만——.

"제법인걸⋯⋯!"

대미지는 받은 것 같지만, 상처는 입지 않았다.

상식을 넘어선 마력이다. 이게 당연하겠지.

오히려 방어 자세를 취한 상대에게 대미지를 준 지금 상황이 비정상적인 것이다.

하지만 이 상태가 계속 이어질 거라고는 생각할 수 없다. 나 자신도 믿기지 않을 정도의 힘이 느껴지지만, 출력 또한 엄청났다. 최대한 빨리 결판을 낼 필요가 있다.

폭염 속에서 모습을 드러낸 빅토에게 손가락을 세운다.

빅토는 의도를 모르겠는지, 의아한 표정을 지었다.

"……! 크큭, 재미있는걸……!"

하지만 그 손가락을 천천히 돌려서 까딱거리자, 흉흉한 미소를 지었다.

덤벼. 이딴 애들 장난 같은 짓거리를 바라는 건 아니잖아.

『연극』을 추구한다면, 그것을 더 재미있게 만들고 싶으리라.

──번개의 마력이 충전됐다.

아무래도──.

"밀레느, 밀레느, 밀레느!! 아아, 너는, 정말 멋져!"

생각대로. 빅토는 클라이맥스를 바라는 것 같았다.

번개가 터져 나가는 듯한 소리와 함께, 주먹을 치켜든 빅토가 눈앞에 나타났다.

몸을 숙이면서, 나는 팔을 들어서 주먹을 막아냈다.

그와 동시에, 시위를 당기듯 다른 한 손을 허리로 당겼다.

"으럇!"

"커헉……!"

텅 빈 복부에 주먹이 꽂힌다. 꿰뚫고 나간 충격이 경치를 뒤흔들었다.

　아픔은 느끼나 본데. 페르만과 비슷한 짓을 했지만, 여러모로 다른 것 같다.

　그렇다면 느끼한 외모와 다르게 인내심이 강한 것 같다. 지면을 굴러다니고 싶은 심정일 텐데——.

　빅토의 몸에 마력이 깃들었다. 위험을 느끼고 즉시 뒤로 물러나자, 눈앞까지 번개의 벽이 밀려왔다.

　"쿨럭! 퉤……. 반응이 좋은걸……!"

　핏덩이를 토하면서도, 눈동자에는 웃음기가 어려 있었다.

　이 녀석도 제정신이 아닌 것 같았다. 서 있는 것도 힘들 텐데, 마술로 반격까지 한 것이다.

　지금의 나라면 한 방 정도는 버틸 수 있겠지만, 머리카락이 꽤 우스꽝스럽게 될 것 같았다.

　아무래도, 방금 공격으로 불이 붙은 듯하다. 빅토의 얼굴에서 웃음기가 사라졌다.

　지금부터는 장난이 아닐 것 같다.

　빅토에게 보라색 번개가 모인다. 나는 집중력을 끌어올리며 빅토의 시선을 쫓았다—— 오른쪽!

　"……?! 커억!"

　튕기는 소리가 나고, 동시에 반대 방향에서 날아온 전격을 맞고만 나는 고통에 찬 신음을 흘렸다.

　벌겋게 달군 바늘이 온몸을 찌르는 듯한 고통——! 한순간 의식을 잃을 뻔했지만, 분노로 몸을 지탱했다.

빌어먹을. 저 자식, 페인트를 섞었어……!

"크큭. 반응이 너무 좋은 것도 문제인걸."

하지만 그렇게 나온다면 이야기가 달라진다.

──극단적으로 말해, 상대가 아무리 빨라도 일대일 대결이라면 누가 상대의 허를 찌르느냐로 승부가 갈린다.

그건 싸움박질이나 다름없다. 그런 것으로라면 나는 누구에게도 질 수 없다.

"크큭, 불사신이냐!"

고통을 아랑곳하지 않고 달려들자, 빅토가 경악해서 소리를 질렀다.

그야 놀라겠지. 이러면 곤란할 테니까.

내가 봤을 때, 빅토의 순간이동은 연속으로 쓸 수 없다. 처음부터 그런 식의 사용을 염두에 두지 않은 것이다.

초고속으로 초전격을 날리는 필살의 일격이다. 절대로 피할 수 없고, 절대로 버틸 수 없는 일격이니 '다음'을 생각할 필요가 있을 리 없다.

첫 공격처럼 가벼운 녀석이라면 그런 식의 활용이 가능하겠지만, 상대방을 해치우려는 일격이니 『충전』을 전부 소모하고 마는 것이다.

그래도 짧은 시간에 재충전할 수 있겠지만──.

"아까부터 참 짜증 나게 구네──! 되게 장황하다고!"

내가 공격을 버텨낸다면, 그 빈틈은 무시할 수 없을 정도로 커진다.

빅토는 경악해서 눈을 치켜떴다. 그것은 날아오는 내 주먹을 똑똑히 목격했기 때문일 것이다.

볼에 꽂힌 주먹이 잘생긴 얼굴을 일그러뜨렸다. 볼살이 물결치고, 이빨이 튀어나온다. 응축된 시간 속에서 충격이 전해지는 것을 보면서, 나는 힘껏 주먹을 내질렀다.

"큭…… 커억?!"

빅토의 몸이 엄청난 기세로 날아갔다.

그리고 강당의 벽에 꽂히더니, 벽이 무너졌다.

보통 저렇게 되면 목숨을 부지하지 못하겠지만——.

"크, 윽……! 아직이야! 이대로 끝내기엔 아깝다고……!"

뭐, 일어서겠지.

그래도 얼굴에 주먹을 꽂아 줬더니 개운한걸.

이제 결판을 내기만 하면 된다.

조용히, 상대를 노려보았다. 눈을 치켜뜬 빅토가 다시 웃음을 머금었다.

"아아, 정말, 멋져——!"

팔을 축 늘어뜨린 채 흔들고 있는 그의 몸이, 번개의 마력으로 가득 찼다.

마치 파열하려는 풍선 같았다. 과도하게 쌓인 마력이, 그의 몸에 붉은 번개 같은 불길한 선을 그었다.

한계 이상의 마력이 응축되자, 빅토의 몸이 터지듯 사라졌다.

"하아아아아아아아아아앗——!"

그 순간, 눈앞에 빅토가 나타났다. 그 기세로 환희에 찬 절규를 지르더니, 주먹을 내질렀다.

거리를 좁히는 방식이 무식하다. 피할 수 없다……!

──하지만, 팔은 닿는다! 그 주먹을 뺨에 맞으면서, 나도 똑같이 주먹을 내질렀다.

서로의 몸이 주먹질의 위력에 의해 휘청거린다. 머리를 흔들며 겨우겨우 버텨내고 있을 때, 빅토도 비슷한 행동을 취하고 있었다.

"뒈져버려!!"

"커억……!"

조금이나마 복귀가 빨랐던 내가 먼저 배에 주먹을 쑤셔 박았다.

빅토의 몸이 그대로 꺾였다. 내려오는 머리에 발차기를 날리려고 발을 치켜들었다.

하지만 내 구두는 허공을 갈랐다. 시선 한편, 떨어진 장소에 빅토가 있었다. 『순간이동』을 한 것이다.

하지만, 태세를 정비할 여유가 없다는 걸 나는 알고 있었다.

아까 빅토는 한계 이상으로 마력을 끌어모았다.

그러니 아직 『충전』이 남았을 것이다──!

다음 순간, 내가 치켜든 발을 잡히고 말았다.

빅토는 그대로 내 몸을 높이 들어올렸다.

마치 나뭇가지라도 휘두르듯, 내 몸은 땅바닥에 내동댕이쳐졌다.

"커, 억……!"

겨우겨우 머리는 지켰지만, 등부터 떨어지며 폐가 찌부러진 덕분에 숨을 쉴 수가 없었다.

하지만 고통을 느낄 여유도 주지 않으려는 듯이, 빅토는 내 몸을 다시 들어 올렸다.

또 공격받으면 위험하다——! 나는 자유로운 발로 빅토의 얼굴에 발차기를 날렸다……!

"크윽……."

신음이 들린 순간, 내 발을 쥔 손에서 힘이 빠졌다.

빅토의 손아귀에서 벗어난 나는 느릿느릿하게 느껴지는 낙하 중에 어찌어찌 지면을 손으로 짚으며 몸을 일으켰다.

"쿨럭, 쿨럭……!"

찌부러진 폐가 필사적으로 숨을 내쉬려고 혼란을 일으켰다.

숨을 못 쉬는 지옥 같은 고통 속에서도, 나는 빅토를 향해 쇄도했다.

"밀레……."

한편, 빅토 또한 숨도 제대로 못 쉬는 상태 같다.

내 이름조차도 똑바로 말하지 못할 지경이었다.

나는 비틀거리며 달려가서, 쓰러지듯 정면에서 빅토의 콧대에 주먹을 꽂았다.

"풉, 크악!"

"하아, 하아……!"

멋들어진 야유를 퍼붓고 싶었지만, 내장이 공기를 필사적으로 빨아들이는 탓에 그럴 수 없었다.

이대로 있다간 진짜로 죽고 만다. 공격을 멈춘 나는 호흡을 가다듬는 데 모든 의식을 집중했다.

피로 포물선을 그리면서, 빅토가 쓰러졌다.

이쯤이면 죽을 줄 알았는데, 그는 또 일어섰다.

"스읍…… 하아……."

하지만 우리 모두 한계였다.

싸움의 막이 내리는 순간을 예감하며, 심호흡했다.

"밀레느, 밀레느……! 최고야……! 너란 존재에게, 너와의 만남에, 감사의 마음을 금할 수가 없어!"

"흥…… 대체 누구한테 감사하는 건데? 네놈들의 신이냐?"

"글쎄?! 나도 모르겠는걸! 너, 혹은 너를 만든 신! 누구라도 상관없어!"

빅토가 양손을 치켜들자, 거기에 보라색 마력이 모여들었다.

상상 이상으로 위험한걸.

"알베르! 콜레트! 멜리사를 데리고 내 뒤로 피해!"

나는 빅토를 주시하며 그렇게 외쳤다.

촌각을 다투는 상황이다. 무리한 요구라는 것을 알면서도, 그리해 줄 거라 믿으며 마력을 연성했다.

"대뜸 무모한 소리를 하는구나!"

"어, 어떻게든 해 볼게요! 콜레트 황녀!"

"아아, 젠장! 우리한테 맡겨라!"

묻고 따지지도 않고 내 말에 따라주는 건 고맙다.

이제 그만큼 일해서 부응하면 된다.

빅토의 마력이 이미 학원을 무너뜨릴 정도로 모였다.

그것이 번개 같은 속도로 날아온다면 피할 수 없고, 막는다면
—— 설령 내가 무사하더라도, 그 밖에는 전부 소멸하고 말 것
이다.

피할 수 없고, 막을 수도 없다. 그럼 어떻게 해야 할까.

정면에서 맞부딪쳐 깨부술 수밖에 없다.

"으윽……! 하악!"

"이익, 얌전히 있어라! 밀레느! 이쪽은 준비됐다!"

"좋아!"

두 사람은 어찌어찌 내 지시를 수행한 것 같았다. 등 뒤에서 멜
리사가 날뛰는 소리가 들려왔다.

그렇다면, 나도 그 노력에 부응해야만 한다.

바다 저편의 검사가 칼집에 꽂힌 칼을 잡듯이 자세를 취했다.

맨손인데도 검을 잡은 듯이 손을 말아쥔 후——.

"——! 빛의, 검……?!"

"아아, 밀레느 님! 신성하기 그지없어요……!"

그 손에, 마력으로 된 검을 만들어냈다.

검의 모양을 한 빛을 굳히듯이 응축한 다음, 검의 예리함과 견
고함을 자아냈다.

이윽고, 백금색에 붉은색을 섞은 듯한 빛의 검이 나타났다.

그 광채가, 마력을 더할수록 더욱 강해진다——!

"결판을 내자고."

"……! 너는 정말……!"

빅토의 얼굴이 환희로 가득 찼다.

참 알다가도 모를 녀석이다.

멜리사를 이용하는 비겁한 녀석인가 했더니, 몇 번이나 있었던 기회를 날려 버리고, 『달의 신들』의 활동에도 딱히 열정적이지는 않아 보였다.

그런데도 자기가 숭배하는 신에게는 페르만보다 더 사랑받고 있는 것 같았으며, 야비한 인상의 미남인가 했더니 정정당당한 주먹다짐에도 응했다.

게다가 마지막에는 '하나둘셋'에 맞춰 정면 격돌을 벌이는 것이다. 정말 알 수 없는 녀석이다.

"자, 피날레다! 아름답기 그지없는 이 순간에 막을 내리자!"

하지만 그것도 이제 끝이다. 마술을 완성한 빅토가 환희에 떨며, 읊조리듯 외쳤다.

나는 이딴 싸구려 연극에는 이제 질렸다.

막을 내릴 거라면, 기쁜 마음으로 어울려주겠다.

"같잖은 삼류 연극도——."

눈부시게 빛나는 검이 더욱 강렬한 힘을 띠었다.

검을 쥔 주먹에, 더욱 힘을 줬다.

"이제 결말이다——! 『지 구안 레이』!"

그리고 터져 나오는 파국의 뇌광.

눈에 보이지 않는 그것을, 나는 포착했다.

그 순간, 나는 이미 검을 휘두르고 있었다.

제비가 하늘로 날아오르듯, 강당의 바닥을 찢으며 그어 올렸다──!

"이걸로 다 끝이다──!!"

사람 한 명을 집어삼키고도 남을 그 두꺼운 번개에, 빛의 일격이 뻗어나가며 맞섰다.

붉은빛을 내포한 그 힘은, 찰나의 순간 동안 파멸의 힘과 격돌하더니──.

뇌광을, 둘로 쪼갰다.

둘로 쪼개지며 궤도가 비틀린 뇌광은 그대로 상공으로 날아가더니──.

다음 순간, 단말마 같은 엄청난 굉음이 주위에 울려 퍼졌다.

초고속으로 뻗어나간 광선은 아마 이곳에서 한참 떨어진 상공에서 폭발했을 것이다.

하지만 이것으로 끝은 아니다.

상쇄되지 않은 빛의 검이 빅토를 향해 날아가더니──.

"큭…… 크아아아아아아아아아악!"

그 몸에 그대로 명중했다. 상처에서 격렬한 빛이 뿜어져 나오더니, 다음 순간에는 잦아들었고──.

"하, 하…….."

마치 뭔가를 받아들이려는 듯이 양손을 펼친 채 선 빅토만이 남았다.

한순간 정적이 흐른 후, 빅토는 무너지듯 무릎을 꿇으며 그대로 쓰러졌다.

──결판이 났다.

"휴우……."

피로 탓에, 엉덩방아를 찧듯 주저앉았다.

과장되게 한껏 숨을 내쉬자, 뭔가가 빠져나간 것처럼 몸이 급격히 무거워졌다.

이번에는 진짜 지쳤어…….

"밀레느 님……!"

"밀레느!"

하지만 아직 소동은 끝나지 않은 것 같았다. 덮치듯 나를 끌어안은 콜레트 탓에 쓰러지지 않도록 몸에 힘을 주면서, 당장에라도 눈물을 흘릴 듯한 알베르를 향해 엄지를 세웠다.

그 모습을 보고 감정이 북받친 건지, 콜레트에 이어 알베르도 나에게 안겨들었다.

정말이지, 거추장스럽기 짝이 없다. 하지만 그래도 내 무모한 짓에 어울려 주기도 했으니, 이번만큼은 눈감아줄까…….

그런 생각을 했을 때였다.

"잠깐만. 너희들, 멜리사는 어떻게 했어?!"

빅토에게 조종당하던 멜리사가 생각났다.

체력이 바닥난 이 상황에서 그 녀석이 날뛴다면 어찌할 수가 없다고……!

"아, 그 녀석이 쓰러지는 것과 동시에 멜리사도 쓰러졌다."

"적어도 더는 날뛰지 않을 것 같아요."

"그래? 그럼 됐……다고는 못하겠네. 이쪽으로 데려와 봐."

하지만 그 점도 신경을 쓰긴 한 것 같았다.

그래도 한 번 움직임을 멈췄다고 안심해서는 안 되지 않아?

나는 알베르에게 멜리사를 옮겨오라고 지시했다.

내 곁으로 옮겨진 멜리사를 살펴 보니—— 호흡이 편안해 보였다.

언뜻 보면 잠들었을 뿐인 것처럼 보였다. 눈을 벌려서 눈동자의 움직임을 살펴봐도, 이상해진 녀석의 특징은 보이지 않았다. 뭐, 전장에서 움직일 수 있는지 확인하는 수준의 지식인 만큼, 진짜로 괜찮은지는 전문가가 봐야 알 수 있겠지만—— 일단 생명에는 지장이 없어 보였다.

"하아……."

멜리사는 천천히 눕힌 후, 나는 또 한숨을 쉬었다.

드디어 끝났다……. 아니, 아직 끝난 게 아닐지도 모른다.

"아이코야……."

"노인네 같구나. 미인이니까 행동에 신경을 좀 쓰는 게 어떻겠느냐?"

"되게 시끄럽네. 지금 와서 그런 걸 따지지 말라고."

무릎을 짚으며 몸을 일으키고 있을 때, 콜레트에게 지적을 들었지만 아랑곳하지 않았다.

쓰러진 빅토에게 다가간 후, 걷어차서 그의 몸을 뒤집었다.

솟구쳐 있던 머리카락은 원래대로 되돌아왔으며, 마력 또한 느껴지지 않았다.

"크크, 큭……. 설마 이런 식으로 막을 내릴 줄은…… 예상하지 못했는걸……."

하지만 빅토는 살아 있었다. 정말, 이 녀석이나 저 녀석이나 정말 튼튼했다.

"남길 말은 있냐?"

"없어. 좋은 연극이었거든. 예측할 수 없는 현실은, 이렇게나 아름다워……."

이 상황에서 모든 것을 다 쏟아부어서 개운해 보이는 그를 보자, 몸에서 힘이 빠졌다.

"하아……. 뭐, 좋아. 너와는 말을 섞기도 싫어. 위병한테 문초나 실컷 당하라고."

"그렇게 되면 사형을 당하겠지. 그런 끝맺음도 풍취가 있지만 말이야."

거참. 단순하게 이겼다~! 라는 기분을 느끼게 해 주면 덧나냐고.

하지만 그는 자기 목숨을 끊을 생각이 없는 것 같았다. 나중에 감옥에서 이런저런 이야기를 들어봐야겠다.

하지만 그 전에── 빅토가 목에 걸고 있는 메달을 뜯어냈다.

아까 그 힘과 이 녀석이 연관이 있는 건 틀림없어 보였다. 그 힘을 발휘하기 전에, 이것에서 힘이 뿜어져 나왔다. 단정할 수는 없지만, 이 녀석만 빼앗아둬도 안심이 될 것 같았다.

"오오…… 눈썰미가 좋은걸……."

"나는 앞으로도 너 같은 녀석들과 싸워야만 하거든. 눈으로 보며 파악해 나갈 거야."

"하하…… 그걸 이 눈으로 못 보는 게 아쉬운걸……."

흥, 하고 코웃음을 친 나는 메달을 쳐다봤다.

페르만이 말했던 『디아 밀스』란 녀석은 뿔이 달린 뱀 같았는데, 이 녀석의 『즈리 디엔』은 새처럼 생긴 사람 같았다. 성격이 참 더러워 보이는 면상이네.

"아름다운 너의 이야기가 이어질 수 있도록, 조언을 하나 해주지……."

"……."

헛소리를 하듯 말을 늘어놓는 빅토를 쳐다보았다.

야유…… 같지는 않은걸. 아무래도 골치 아픈 녀석의 마음에 들고 만 것 같지만, 정보 자체는 고마웠다.

"네 적은 강대해……. 그중에서도 『굶주린 늑대』로 불리는 자를 조심하라고."

"굶주린 늑대?"

무시할 생각이었지만, 무심코 되묻고 말았다.

빅토는 입가에 미소를 머금으며 말을 이었다.

"잘은 모르지만, 그들에게 있어 비장의 카드가 될 수 있는 존재 같았어……. 자칫 잘못하면, 이 세상을 통째로 지워버릴 거라더군."

세상을 통째로, 라. 헛소리 같지만, 기억해둬야겠다.

"그렇게는 안 돼."

"호오, 어째서지……?"

"그렇게 되기 전에 내가 네놈들의 신을 때려눕힐 거니까."

"하! 그래. 그래야 너, 답, 지……."

내 대답에 만족한 듯이 웃은 후, 빅토는 정신을 잃었다. 다음엔 감옥에서 보자고.

숙취 탓에 비틀거리는 듯한 발걸음으로 걸어간 나는 다시 콜레트 일행의 곁에 앉았다.

나도 이대로 확 잠들어버리고 싶었지만······.

강당의 문이 힘차게 열렸다. 그곳에는 학교 교사가 위병을 대동하고 서 있었다.

사방에 마술부적이 널렸는데 함부로 이 안에 들어오면 어떻게 하냔 생각이 들었지만, 그 이야기를 하는 것도 귀찮았다. 실제로 문에는 아무것도 없으니까──.

"밀레느 양······?! 알베르 왕자와 콜레트 황녀도······!"

서서히 사태를 이해하면서도, 이 자리에 모인 왕족들과 문제 아들을 본 교사들은 부르르 떨었다.

나는 땅이 꺼지게 한숨을 쉬면서 머리를 긁적였다.

"아····· 안녕하세요?"

귀찮은 나머지, 나는 될 대로 되라는 투로 말했다.

에필로그 숙녀는 주먹을 날린다

"드디어 끝났군요……."

어느 휴일 오후.

책상에 넙죽 엎드리고 싶은 것을 참은 나는 대신에 작게 한숨을 쉬었다.

같은 테이블에 앉은 콜레트는 웃었고, 알베르는 쓴웃음을 지었다.

폭탄 소동이 일어난 지현제 날로부터 슬슬 일주일이 지났다.

교사와 위병에 의한 사정 청취에서 겨우 해방되고 처음으로 한 말이 바로 그것이었다.

장소가 식당이 아니었다면 빌어먹을, 드디어 끝난 거냐, 하고 말했겠지만── 티타임을 즐기는 이들을 위해 휴일인데도 운영하는 식당에서는 유감스럽게도 그렇게 개방적인 기분이 될 수 없었다.

"수고하셨어요, 밀레느 님."

"적을 쓰러뜨린 당사자로서 사정 청취와 표창 등을 받느라 바빴으니 말이다. 나도 네가 참 자랑스럽다!"

"남 일처럼 말씀하는군요……."

원망하듯 시선을 돌리지만, 콜레트는 즐거운 듯이 깔깔 웃었다.

아무래도, 내가 곤란해하는 모습을 즐기는 듯한 느낌이 드는데——.

"하아……. 원망해 봤자 소용없죠."

그렇다면, 이러고 있을수록 콜레트를 즐겁게 해 줄 뿐이다.

그렇게 마음을 다잡자, 콜레트는 납득한 듯이 힘차게 고개를 끄덕였다.

"오늘은 특별한 날이니, 밝게 보내도록 하죠."

"옳으신 말씀이에요, 밀레느 님. 슬슬 올 때가 된 것 같은데요——."

그렇다. 오늘은 『특별한』 날이다.

징그럽게 길었던 사정 청취가 끝난 날이자, 무엇보다——.

"미안해. 의사 선생님의 설명을 듣느라 늦었어."

치료를 마친 멜리사가 돌아오는 날이기도 했다.

우울한 기분은 떨쳐내고, 밝게 지내고 싶다.

술이라도 마시면 좋든 싫든 밝게 지낼 수 있겠지만, 그럴 수 없다면 기분이라도 밝게 지낼 수밖에 없다.

"멜리사 양, 이제 괜찮은 건가요?"

"한동안은 힘들었지만, 괜찮아. 사흘 정도는 움직이는 것도 무리였어……."

그 후—— 빅토와의 싸움이 끝난 후의 일이다.

조종당해서 한계 이상의 힘을 발휘했던 멜리사는 온몸의 근육

파열과 과도한 마력 결핍증 탓에 병원으로 보내졌다.

하지만 실력이 좋은 의사가 있었는지, 몸과 마력의 치료가 무사히 끝난 것 같았다.

기분이 좋아진 알베르와 콜레트가 웃는 가운데, 멜리사는 나를 똑바로 바라보며 온화한 미소를 지었다.

◆

그 후, 우리는 멜리사에게 고생담을 들려줬다.

"내, 내가 그런 식으로 날뛰었던 거야……?!"

짐승처럼 날뛰는 멜리사가 얼마나 흉포했는지, 그녀를 잡는 게 얼마나 힘들었는지 콜레트가 이야기했고──.

"으으…… 상상하고 싶지도 않군요……."

중상이었던 멜리사가 병원에서 보낸 첫 사흘이 얼마나 가혹했는지도 들었다.

여기 있는 이들 모두가 고생한 만큼, 무용담을 이야기하고 싶어지는 심정도 이해가 됐다.

그것을 훈훈한 심정으로 듣고 있을 때──.

"그러고 보니 아직 고맙다는 말을 안 했네. ……밀레느."

"왜 부르시죠?"

멜리사는 태도를 고치더니, 나를 똑바로 바라봤다.

이제까지와 다르게 나를 똑바로 바라보는 그 시선에, 숨을 삼켰다.

작게 숨을 들이쉬고 호흡을 가다듬은 후, 멜리사는 미소를 지었다.

"구해줘서, 고마워. 지금 내가 이 자리에 있을 수 있는 건, 네 덕분이야."

멜리사는 진심으로 나에게 고맙다고 말했다. 하지만 나는 그 시선을 피했다.

"한때는 당신을 버리려고 했었으니까, 개의치 마세요."

결과적으로 구하기는 했지만, 한번은 '합리적'인 생각에 따르려고도 했었다.

하지만 멜리사는 보란 듯이 천천히 고개를 저었다.

"그래도 결국 포기하지 않고, 싸워 줬잖아. 너는 내 생명의 은인이야."

나는 시선을 피한 채 그녀의 말을 계속 들었다.

멜리사가 그 말을 하고 입을 다물자, 알베르와 콜레트도 덩달아 숨을 삼키며 침묵에 잠겼다.

그렇게 한동안 시간을 보낸 후—— 나는 어처구니없다는 듯이 한숨을 쉬었다.

"그 말씀, 일단은 감사히 받아들이겠어요."

진지한 표정으로 나를 응시하던 멜리사는 두 손을 모으며 미소를 지었다.

정말이지, 귀족이란 것들은 하나같이 고집불통이다.

또한, 사람 좋은 구석이 있다. 그런 녀석들이——.

표정을 숨기기 위해 입가로 가져갔던 찻잔을, 내려놨다.

좋다. 인정하겠다.

이런 별것 아닌 시간이 좋다. 이 녀석들에게, 나는 특별한 감정을 느끼고 있다.

알베르가 잘못된 길에 들어서게 하고 싶지 않다. 콜레트와 적대하고 싶지 않다. 그리고 멜리사를 내 손으로 해치고 싶지 않다.

내가 손을 더럽히는 일은, 아마 없을 것이다. 하지만, 그렇게 만들고 싶어 하는 녀석들이 있다.

그렇게 되지 않도록——.

"여러분에게, 부탁을 하나 드리고 싶어요."

나를 그렇게 만들고 싶어하는 녀석들을——『달의 신들』을 쳐부수고 싶다.

그러기 위해서는, 나 혼자만으로는 손이 부족하다. 이들의 힘이 필요하다.

매섭게 연마된 내 눈빛 앞에서, 모두가 각자 조용히 고개를 끄덕였다.

"고마워요."

조용히 눈을 감았다.

자, 무엇부터 이야기할까.

하고 싶은 이야기도, 해야만 하는 이야기도 많지만——.

"저와 함께, 나쁜 신의 뺨을 때리러 가지 않겠어요?"

우선, 그것부터다.

잘은 모르겠지만, 이 세상을 어지럽히려 하는 녀석들이 있다.

그런 녀석들을 전부 두들겨 패주지 않으면 직성이 풀리지 않을 것 같다.

"주먹으로 때릴 것이냐? 아니면 손바닥으로?"

미소를 지은 콜레트가 팔짱을 끼며 웃음을 흘렸다.

나는 잠시 생각하는 척했다.

답은 이미 정해져 있지만 말이다.

"물론, 주먹이랍니다."

──손을 무릎 위에 모아서 올려둔 후, 나는 최대한 곱게 미소를 띠며 그렇게 대꾸했다.

새비지팽
레이디
Savage Fang

the Tale of Little Lady Who
Conceals

사상 최강의 용병은

사상 최악의 잔학 영애가 되어서

두 번째 세상을 무쌍한다

작가 후기

우선 『새비지팽 레이디』 제2권을 사 주셔서 정말 감사합니다. 작가인 아카시 칵카쿠입니다.

일러스트를 담당해 주신 카야하라 님, 담당 편집자님, 출판 관계자 여러분, 그리고 이 책을 구매해 주신 여러분께 진심으로 감사드립니다.

평소보다…… 7할 정도 더 말입니다.

왜 이런 말씀을 드리냐면, 이번에도 참 난산이었던지라…… 안 그래도 전체적인 페이스가 늦어지고 있었는데, 결국 완전히 지각하고 말았습니다.

그 바람에 예정보다 작업의 진행이 대폭 늦어지고 만 상태에서, 후기 집필이란 현재 상황을 맞이했습니다.

평소보다 더 많은 분께 폐를 끼치면서 이 책을 간행하게 되어 가슴이 아픕니다……! 하지만 그 덕분에 어중간한 품질의 작품을 세상에 내놓는 것은 피했다고 생각하니, 사죄보다 감사를 드리고 싶습니다.

참고로 후기를 쓰고 있는 현재, 제가 사는 지역은 긴급 사태 선언이 해제된 직후입니다.

아직 긴장을 풀 수 없지만, 발표되는 감염자가 점점 줄고 있어서 기쁩니다. 이대로 세상이 다시 밝아지기를 빌면서, 이번에는 펜을 내려놓을까 합니다.

그럼, 다음 기회에 또 뵐 수 있기를 진심으로 빕니다……!

아카시 칵카쿠

역자 후기

안녕하십니까. 근로청년 번역가 이승원입니다.

『새비지팽 레이디』2권을 구매해 주셔서 진심으로 감사드립니다.

『새비지팽 레이디』2권은 재미있게 즐기셨는지요.

이번 권에서는 밀레느 일행의 학교생활을 지현제라는 축제를 통해 다루고 있습니다.

평범하지 않은 과거와 혈통을 지닌 학생들이 모여 있는 학교지만, 그 학교에서 보내는 일상은 의외로 평범했습니다. 그리고 지현제라는 행사는 학생들에게 즐거운 한때를 선물해 주는 것 같았습니다.

하지만 밀레느를 노리는 『달의 신들』의 자객, 빅토라는 존재에 의해 그런 즐거운 이벤트는 끝을 맞이합니다.

멜리사라는 새로운 친구가 생긴 밀레느가 빅토라는 강적을 상대로 펼치는 활약을 즐겨주시길!

그럼 이만 줄이겠습니다.

좋은 작품을 맡겨주신 노블엔진 편집부 여러분께 감사드립니다. 앞으로도 잘 부탁드립니다.

전설의 옥천 허브(?)에서 야간 탈출을 감행했다가 밤새도록 산속을 방황한 악우여. 무사히 귀환해서 정말 다행이야. ㅠㅜ

마지막으로 제게 버팀목이 되어주시는 어머니와, 『새비지팽 레이디』를 읽어주신 모든 분들께 진심으로 감사드립니다.

독자 여러분을 다시 뵐 수 있기를 진심으로 빕니다!

역자 이승원 올림

새비지팽 레이디 2

사상 최강의 용병은 사상 최악의 잔학 영애가 되어서
두 번째 세상을 무쌍한다

2022년 09월 20일 제1판 인쇄
2022년 10월 01일 제1쇄 발행

지음 아카시 칵카쿠 │ **일러스트** 카야하라

옮김 이승원

발행 영상출판미디어(주)
등록번호 제 2002-000003호
주소 21315 인천광역시 부평구 부평대로 283 A동 702호
전화 032-505-2973(代) │ FAX 032-505-2982

ISBN 979-11-380-1750-3
ISBN 979-11-380-1484-7 (세트)

SAVAGE FANG OJOSAMA Vol.2
SHIJOSAIKYO NO YOHEI HA SHIJOSAIKYO NO BOGYAKU REIJO TONATTE
NIDOME NO SEKAI WO MUSOSURU
©Kakkaku Akashi, Kayahara 2021
First published in Japan in 2021 by KADOKAWA CORPORATION, Tokyo.
Korean translation rights arranged with KADOKAWA CORPORATION, Tokyo.

구매 시 파손된 도서는 구매처에서 교환하실 수 있습니다.
기타 불편사항, 문의사항이 있으신 독자님께서는 노블엔진 홈페이지
[http://novelengine.com] 에서 Q&A 게시판을 이용해 주시기 바랍니다.

노블엔진(NOVEL ENGINE)은 영상출판미디어(주)의 라이트노벨 및 관련서적 브랜드입니다.

NOVEL ENGINE

아카시 칵카쿠
작품 리스트

◆

【출간 중】

새비지팽 레이디 1~2
  사상 최강의 용병은 사상 최악의 잔학 영애가 되어서 두 번째 세상을 무쌍한다

【완결】

무예에 몸을 바친 지 백여 년, 엘프로 다시 하는 무사수행 1~10

청춘의 상상, 시동을 걸어라!

지나치게 노력한 세계최강의 무투가는 마법 세계를 여유롭게 살아간다

1

어느 날 이세계에 전생한 무투가 애쉬는 두 번째 인생을 마법사가 되어 살기로 결심했다. 지난날의 용자 모리스를 스승으로 모시며 가혹한 수행을 소화하는 그의 앞에 돌연 어둠의 제왕《다크 로드》가 출현!! 세계의 종언이 다가온 그때── 애쉬의 원 펀치에 마왕이 박살?!

사실 애쉬는 선천적으로 마력이 전혀 없고, 스승의 직업도 대마법사가 아니라 무투가였다! 하지만 꿈을 포기하지 않고 세계 최고봉 교육 기관 엘슈타트 마법학원에 입학하는 애쉬. 소리를 지르면 사람이 날아가고 점프하면 아득한 상공으로. 하지만 사람들은 그것을 전부 마법으로 여기고── 얼떨결에 세계최강 무투가가 된 애쉬의 학원생활이 지금 시작된다!

 왕코소바 지음 | 니노모토니노 일러스트 | 2022년 10월 제1권 출간
청춘의 상상, 시동을 걸어라!

세상을 두려움에 떨게 하는 마녀와 암살자 소년은
북쪽의 얼음 왕국에서, 눈의 여왕과 대치한다!

마녀와 사냥개

2

마법과 이를 다루는 마술사의 힘으로 나라를
위협하는 아멜리아 왕국을 저지하고자 '재앙'으
로 인식되는 위험한 '마녀'를 모은다는 캠퍼스
펠로우 영주 버드의 뜻은 암살자 '검둥개'로
불리는 소년 롤로가 이어받았다.

하지만 이웃 나라의 배신으로 치른 희생과 맞
바꿔 '거울의 마녀'를 맞이한 롤로를 기다리는
것은 암울한 소식뿐.

이에 롤로는 재상 브래서리, 기사단 부단장
빅토리아를 더한 캠퍼스펠로우 사람들과 함께
'북쪽 나라' 노스랜드──영주 버드가 동맹을
맺은 설왕(雪王) 홀리오가 다스리는 마을과 얼
음 성에 산다고 하는 '눈의 마녀'가 있는 곳으
로 향한다──.

카미츠키 레이니 지음 | LAM 일러스트 | 2022년 10월 제2권 출간
청춘의 상상, 시동을 걸어라!

영웅의 딸로 환생한 영웅은 다시 영웅을 꿈꾼다

1

•

'검은 깃털의 암살자'로 불리는 자이자, 사룡으로부터 세상을 구한 여섯 영웅의 일원. 그리고 마신과의 싸움에서 목숨을 잃은 '레이드'는 놀랍게도 동료 부부의 딸 '니콜'로 태어나 새로운 생을 얻었다——?!

전생의 기억을 지닌 탓에 젖도 제대로 빨지 못해 허약한 미소녀로 성장하는 니콜=레이드. 하지만 옛 동료인 용사와 성녀의 딸이라면 누구보다도 강해질 수 있다!

전생의 경험과 부모에게 물려받은 재능으로, 마침내 원하던 마법검사가 되고, 다시금 영웅이 되어 보겠습니다!

 카부라기 하루카 지음 | **아키타 히카** 일러스트 | **2022년 8월 제1권 출간**
청춘의 상상, 시동을 걸어라!